I AM AN AIR FORCE PAO

鏡頭外的真實世界

我是空軍新聞官

I AM AN AIR FORCE PAO

王鳴中——著

（除特別載明之外，照片均由管延境、謝素霞提供）

記者「堵麥」場面，軍事記者對採訪對象與需求都不同於一般的領域。

新聞官要協調好記者的拍攝地點，平衡部隊與媒體之間的需求和要求，目的就是為了讓活動可以順利宣傳。

基地開放的重點視野，沒有制高點就沒有好畫面。

閱聽人都愛看到難得一見的畫面，新聞官要想辦法提供這類畫面給媒體傳播。（中華民國總統府）

當年在佳冬戰備跑道實施的演練，讓媒體拍攝到漂亮的畫面，也可以向民眾傳達國軍保衛國家的決心。（中華民國總統府）

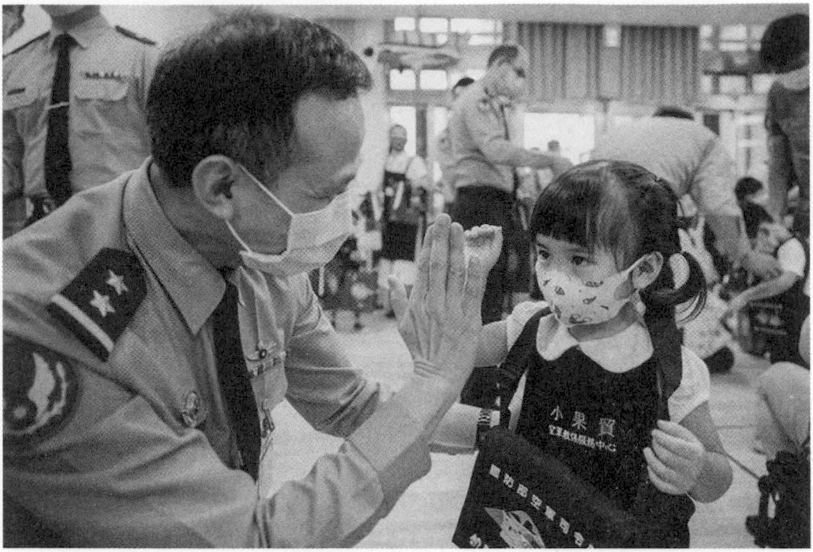

空軍司令部的新聞單位不僅僅發新聞稿，平常還要辦各種拉近軍方與社會之間的活動。（中華民國空軍）

作者第一次以「老菜鳥」身分上場，就遇到抗戰 70 周年紀念這等大型活動，老英雄的參與為活動增添不少話題。（中華民國總統府）

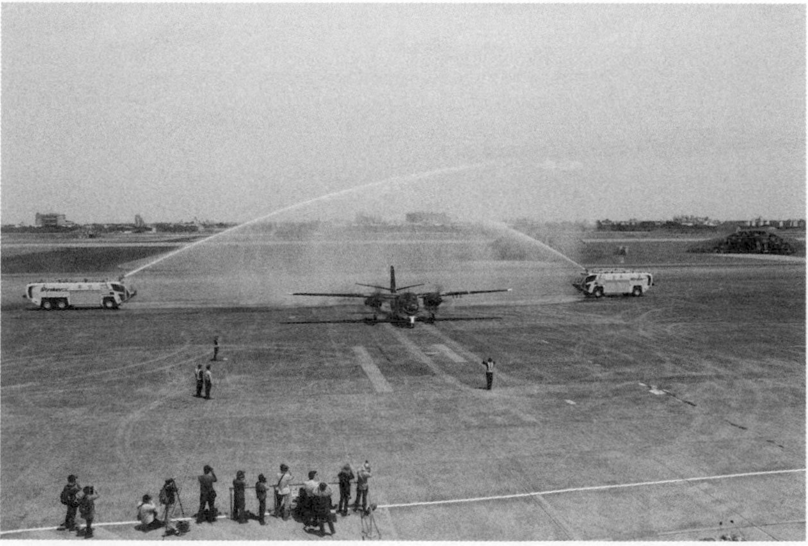

S-2T 的最後一次巡禮，記者就定位，為它在台灣最後一次保衛我們的安全留下紀錄。

空軍的防砲部隊，他們的辛勞需要被看見。（中華民國總統府）

防砲部隊的射擊操演，這些畫面難得，如果沒有新聞官的安排，民眾無法有機會一窺真貌。

搭配各種器材的安排，空軍在高空實施人工增雨的任務才有了展現在民眾面前的契機。（空軍第六聯隊及氣象聯隊）

空軍為作戰軍事行動，協助參與人工增雨行動，由於有著各種限制，即使是軍方的媒體業不見得可以上機採訪實施過程。（空軍第六聯隊及氣象聯隊）

C-130 運輸機實施物資空投操演，新聞官經常要絞盡腦汁想出各種課目好讓記者拍攝出不同於以往的畫面。

聯雲操演的傘兵。演習地點位處偏僻，周圍都是果園，摸黑在半夜就定位的媒體記者幾乎與操演部隊同時間甚至更早抵達現場。

專為記者安排的高台攝影點，新聞單位要協調各方，除了安排擁有良好視野的攝影點，還要照顧到媒體同業的安全。

這是一個讓地面與空中都煞費苦心才換來的畫面，可惜長官沒有即時發布關鍵的畫面，失去了在國際面前展現國造 IDF 戰機優雅姿態的機會。（中華民國空軍）

難得的基地開放，各機種都卯足全力表演，讓民眾留下深刻印象。媒體以及同好們的拍攝功力，為空軍留下了美好的畫面。

永遠的沈一鳴總長，不管去到那邊他都是媒體的焦點。

目錄

作者序　狗尾續貂

在網路上分享完二十篇我擔任新聞官五年多的見聞後，居然能獲得燎原出版主編區肇威先生的錯愛，希望能將文章集結出版。想到這種不成熟的文字，既直白又思考混亂的東西，能有機會出版成書，心中真是又驚又喜，非常擔心出版社會賠錢，到時怎麼向人家交代。後來全文付梓，主編區先生認為應該對新聞工作的經歷做一個總結，這樣全書才更為完整，但我早已像煮乾的藥渣，熬不出汁來了。但區先生真誠的態度與令人無法拒絕的微笑，我只好「含著眼淚、帶著微笑」答應了。

在早年人力資源充沛的年代，能在各軍司令部、國防部擔任新聞官的，幾乎都是「清一色」由政戰學校新聞科系畢業的學長、姐們擔任，其他科系基本上不太可能去當新聞官。所幸政戰官科能擔任的職務很多，康樂官、心戰官、福利官、民事官等，不愁沒活幹，而且除了國防部有專責單位「軍事發言人室」之外，各軍司令部的新聞官都編制在文宣部門，人數不多，工作也單純。

我們常開玩笑說，以前的新聞處理只要說：「涉及軍機、不予回覆」就可以結案，那像現在手續繁瑣。媒體業的興起，報紙、電子、雜誌、網路媒體如雨後春筍般的成立，民眾往往非常關注軍事新聞，各種涉及國防的新聞、議題的詢問與要求經常如雪片般飛來，使得新聞官工作量大增。因應時代的變化，各軍種順勢成立公共事務組，專門負責新聞議題處理與新聞文宣的工作。

值班新聞官每天（含假日）早上五點就要起床剪報、複印、裝訂，在七點前分送到各級長官手裡，有苦自知。曾有一位副司令說過：「新聞小組每天起早貪黑，天未亮就燈火通明的工作，可說是政戰部的『作戰單位』，」能獲得此盛譽，也是眾新聞官們犧牲建康、假期與家人相處的時間換來的。像我這種畏苦怕難，只想生活安逸的人，說到司令部當參謀已經夠苦了，還要是被調到新聞部門，真是活受罪，自然不願也不想幹這個職務。

新聞官職缺較少，培養不易。有一年公共事務組新聞官都去部隊歷練主隊職，當時我在文宣組擔任少校政戰官，年資已屆、符合升官的標準，正苦於無中校缺可佔時，當時事務組組長是我在通航資聯隊的老主任尹上校，徵詢我是否有意去他的組上任職。我非新聞科系出身，承蒙組長錯愛決心「破格」用我，只是我安於現狀，胸無大志，到事務組要一切從頭學起，我生性慵懶又不熱愛學習新事物，婉拒這次盛情的邀請，辜負了老主任意欲栽培的苦心。

不過「六月債、還得快」，三年後我在國防部單位任滿回軍。當時因為「精進案」二階段，職缺裁撤不少，升高階非常困難，好幾個資深又優秀的新聞官學長，未能更上一層樓而黯然退伍。當時的李組長雖然培養許多新秀，但是沒有一個資深的參謀壓陣，去外面打仗難免吃虧。剛好遇到我這個期別高，可是學經歷不完整，但見我具有老參謀見長官不怕、遇底下會唬爛的「老油條」特質，就把我調回司令部，美其名是當「專業參謀」，其實就是明示我要「好好幹活，升官就別妄想了」。

半個月後李組長榮退，換了唐組長接任。組長、首席都是新手，完全沒有做過一天新聞工作。我們可沒有適應期，馬上就要上工幹活，還好兩個人都有相當的高司單位參謀歷練，日常一般工作還可以勝任，遇上了重大新聞事件，或是記者探詢、國防部下議題，就是考驗我們的時候了。

我們曾因記者接待、新聞稿分呈沒做好，被各級長官痛罵，甚至被酸「小孬孬」。還遇過急著要寫新聞稿，由中將政戰主任在後面邊念我邊打字，第一次打字兩手哆嗦個不停，緊張到字都不會選了，主任也許想說：「這那裡找來的參謀，又老、又不會打字，政戰沒人了嗎？趕快把他調走，免得出事，」不然就是在高速公路上，一邊開車趕路回司令部，一邊用手機打新聞稿，組長還很得意的說這叫「行動辦公室」。

由於事情又多又急，凡事都有時效性，使得我們必須「加速成長」。所幸我們很快上手，長官也頗為信任，但這也不是一蹴可及的，訣竅就是要知道哪些是記者感興趣的項目，無非是將領動態、武器、裝備採購、飛安事故、軍風紀案件等。當議題或新聞出來時，除了透過各單位兼任新聞承辦人提供官方資料外，還要有一些可以提供小道消息或是可以直接請教的「好朋友」。

我之前在司令部共八年的歷練，許多過去的老同事早已成為部門的大咖，再加上我「公餘之暇」愛去串門子、攀交情，自然有不少「好朋友」可以提供訊息。當然我也是一副很受教的樣子，他們才會越講越多，我才能知道越多。在訊息多元的情況下，自然可以較完整的知道事件的原貌，對撰寫新聞稿及與長官討論案情都很有幫助。長官知道我是個「有辦法」、「有管道」的參謀，自然都會聽聽我不成熟的意見，有時反而能歪打正著，多跑、多問、多交朋友確實是有幫助的。

自己要勤做功課也是關鍵要素，軍中的建案通常都會取一個代號，例如「〇〇專案」或「〇〇計畫」，我們不是計畫單位，當然不是全部都知道，常常記者打電話來，劈頭就是「據說〇〇專案買的是二手貨」或是「〇〇計畫預算沒過」，常常把我們搞得一頭霧水。說不知道顯得沒面子，常常都是順著話講，再回頭去找答案。為了解決窘境，只好去找兄弟要了一份全軍的建案代號跟項目簡單的內容放在手邊，以備不時之需，只是內容過於機密，不能影印也不能給，只好用手抄，成為自己的大內秘笈，退伍前還送給某位長官參考，希望還有用處。

對於自己不熟的業務或領域，勤跑、多問、多學才能夠對全空軍的事物有一點了解，這才發現一個幾萬人的軍隊，需要這麼多單位來共同推動，才能維持日常運作。這樣比以前我只要專注於自己的業務，對於其他部門在做什麼一無所知，還在那邊沾沾自喜，自以為是優秀參謀，最後發現自己只是井底之蛙吧了。

身為一個沒有前途的「專業參謀」，上班即使當做公益，但還是不能打混，要增加自身的深度與廣度，態度也很重要。雖然年紀大也盡量不要「擺老」，前面說過新聞官工作總是沒日沒夜，尤其是新聞值日，一次就接一個星期。星期四下午交接，之後就是整個星期的神經緊繃與睡眠不足，所以通常到星期二、三時，值日官已經會呈現神智不清的狀態，脾氣也會變得很暴躁。像我已年過四十五，年老體衰，實在不堪大任。學弟妹們體諒我「年高德不劭」，會主動幫我分擔一些雜事。但他們有什麼困難，就要用我的「老臉」或「惡勢力」去「喬」事情以度過難關，大家合作無間，永遠保持辦公室和諧的氣氛，這也是每個單位需要一個老人的原因。

要想工作勝任愉快，就要先尊重自己的工作，總有人說在工作中找成就感——實在太高大上了，我這等凡人永遠到不了那個境界。我主要是找樂趣，新聞工作面向多、見的人、事也多，了解到很多本職以外的事情，也增加了很多「談資」，好以此與同仁「喇迪賽」。雖然常常出差、出任務，比起枯坐辦公室簽公文上上下下有意思得多，就當是免費旅遊。不要以為你是天下第一苦人，任何位置都有苦有甜，「只看人吃肉，沒看人挨揍」，就算當了大官也是有無窮盡的煩惱，所以只要尊重自己的工作，運用「諸般手段」達成任務就算圓滿了。

原本只打算做一年就退伍的我，因為找到工作的樂趣，又多堅持了四年，樂此不疲。如今退伍已經兩年多，前幾天現役同學還問我，對軍中生活是否有眷戀，我說我太喜歡軍中的生活了，只是我不學無術又不長進，在國軍對幹部如此高要求下，我早就是一個不堪造就的冗官，被淘汰也不意外，不然我一定死皮賴臉直到不能再待為止。所幸有一種東西叫網路，可以把自己寫的東西供大家閱讀、評論，使我這個曾經當過幾天小小「公役」的凡人，能夠分享一些瑣事，就當是白頭老叟話當年吧！

「什麼？要我去當新聞官！」

民國一〇四年我在北部某軍校擔任學務處長，這間軍校非常迷你，可是應有盡有。基礎、進修、深造班次都有，軍校該有的處、室一應俱全，教隊職官人數不多，倒也和樂融融。

本校是培育國軍特種幹部的學校，對愛國教育非常重視。每個班隊結訓前，都有三天的「忠貞愛國教育」。這是本處的職責，除規劃邀請學者、專家及退役將領以演講、座談及經驗分享等方式授課，還以分組討論、影片欣賞及心得寫作為輔，盡可能達到教育效果。本處雖然號稱處級單位，人員非常精簡。即使如此，平常的莒光日教學、月會、慶生餐會等業務一樣都沒少。加上我有國防部政治教官資格，偶爾還得兼校內的政治課程，日子充實而愉快，還頗安逸的。

正當我熱情投入，沒日沒夜做得風風火火的時候，調職令突然來了。這次的調職非常詭異，空軍方面也沒先打聲招呼，局人事部門更是神神秘秘，只是不斷的說我待很久，依規定要回空軍了。其實待得比我久的大有人在，既然要我回軍，那就回吧！心想大概去那個聯隊當科長吧——當參謀也太老。命令來了一看，居然又是回到司令部當參謀，從那裡來又回到那裡去。

我快吐血了，已經是第三次回司令部，而且是到公共事務組，派任新聞官，不是以前的文宣心戰組。

我既不是新聞科系畢業，也沒當過類似職務，線上的記者一個都不認識，心想：「年紀都那麼大了，怎麼還要折騰我。」

公共事務組新聞官負責的不是攝影、採訪等任務，而是每天要經手全軍有關輿情的各種大小事，只要是記者有興趣的議題都要處理。這個職務有忙不完的業務且沒績效，媒體環境又是那麼可怕，記者每天「呲牙裂嘴」來要新聞——以上都是自己的想像——從早到晚待命「備戰」，真不算是一個什麼好缺。

但轉念一想，「自己再幹一年就滿二十年了，忍耐一下吧，二十年一到立刻打報告退伍，總可以吧。」

在校期間與同事感情都很好，校部長官更是對我十分照顧，就在大家的祝福聲中離開了學校，離開之後還追記獎勵，實在受之有愧。

又要回到我的老巢空軍司令部，重回空軍的懷抱了。

放眼望去，盡是一片藍色軍服。離開快三年，同事換了一大半，大都是年輕的學弟妹，反而顯得陌生。此時的我應該是要充滿鬥志，但腦筋卻是一片空白，而且還沒人跟我交接。

這時候，我還不知道未來當新聞官這幾年，將會是我軍旅生涯最見多識廣，每天都充滿挑戰，是讓我有機會追隨一位好長官的驚奇歲月。

「學長！黑鷹光點消失了！」

這一天，我正計畫要結束自己的軍旅生涯。在享受了四天的元旦連假之後，又填了一月二號的休假單，要趕在退伍前把慰勞假休完。

早上八點多悠哉出門去買早餐，想說只是買個早餐就沒隨身帶手機。我是資深新聞官，照理說手機應要無時無刻帶在身上，以防記者隨時打來問問題。沒多久回到家，隨手拿起手機一看，居然有近三十通「未接來電」。心中一驚，暗想：「出大事了，」直覺應該就是「飛安事件」。不知道是哪個基地的飛機出了什麼事，趕快打給值班新聞官問怎麼回事，他只說：

「學長！黑鷹光點消失了！」

我再問，「我們的，還是陸軍的？」

學弟說：「我們的。」

我心中一凜，再問學弟：「你在哪裡？」

「松指部的前進指揮所。」

我想如果是訓練機應該在嘉義才對，如果是任務機，那又是什麼性質的任務？救護的？還是專機？如果是專機我就不敢再往下想了。

放下電話，把早餐包一包，直接回到司令部了解狀況去。

一路上我邊開車邊聽廣播、看手機，此時訊息十分混亂，國防部也還沒個正式說法。只知道專機在烏來山區失事，大部分人員生還，但參謀總長、政戰局副局長、國防部參謀本部情報參謀次長（情次室助次）失蹤。

我還在想：「大概是迫降吧，」今年舊曆新年比較早，各級長官的慰問行程因此展開得特別早。

但為何總長慰問部隊要帶這麼多聯參長官隨行呢？一般長官親自去慰問的單位，通常是獨立或高山、偏遠單位，一年難得去一次。像這次要去的東澳嶺營區，位置很偏僻、交通也不方便，搭直昇機是最快到達的方法。帶著高階幹部主要是到基層、艱苦單位去聽聽有何需求，再將這些基層單位的需求帶回國防部處理，解決基層的忙、亂、煩。立意很好，可是在有限的經費，層層公文得下達之下，能否如質、如期的解決還不一定，但是有反映總比沒反映好。

進了辦公室後，消息依然混亂，總長、副局長還是不見蹤影。副局長是我們單位的老長官，大夥還在吐槽，笑說副局長一定是一身狼狽地爬回來。學弟一時興起，模仿副局長的口吻講話，逗得大伙哄堂大笑。

正當大家笑成一團的時候，電話響起了。

電話那頭，組長簡短地說下午空軍親自開記者會，要幾個人去松山指揮部幫忙。放下電話後，我帶著兩個學弟前去現場支援。松指部綜合教室坐滿了記者，當時正在發餐盒吃午餐。幾個記者見到我即圍過來討論情況。我是胸有成竹，樂觀得很——當時軍方已經跟隨機的軍聞社記者取得了聯繫——「洞悉先機」的我，正心情輕鬆，跟記者還有一搭沒一搭地聊天。

隨後，唐組長跟國防部新聞處長去貴賓室研討最近狀況。

快到下午兩點時，政戰局局長來到了松指部，記者一哄而上詢問最新狀況，局長只淡淡回應，稍後將會完整說明。沒多久，唐組長將我叫進貴賓室。還在納悶不明就裡的我，進去向各長官敬禮後，組長遞給了我松指部的放行名冊。

依據規定，要去松指部搭機的官兵，確認了搭機名冊之後，在前一天先傳真或電郵給松指部，當日營門衛兵再依名冊放行。即使是參謀總長進營門也沒特權，一樣要依據放行名冊。結果那張皺褶滿滿的名單遞了過來，組長說：「名字打圈的平安，沒有的就是沒有了，趕快打一打傳給記者，現在司令正在向記者說明，」一看到名單清冊，我驚呆了。

總長、副局長、助次、總士官督導長、組長侍從官、正、副駕駛、機工長均已殉職，其餘人員分別受輕重傷不等。我當時的心情非常沉重，含著眼淚把名單謄好。

想不到傷亡如此慘重，沈總長溫文儒雅、飛行技術高超。他從法國換裝幻象2000戰機回來即平步青雲，之後在計畫處擔任組長，那時我在空總勤務隊當輔導長，每次看到他就像看到了電影明星。後來我去新竹基地當營輔導長，他又來接基地聯隊長，我們中隊每次辦慶生餐會，他總會過來送禮物，與弟兄們同樂。每次看到聯隊長巡場，我就會跟旁人說，「聯隊長以後一定會當上總司令。」

果不其然，一〇四年我回空軍司令部時，他已經是司令了。在他的領導下，司令部的向心力非常好。雖然發生許多事件，但對於新聞指導，他完全尊重新聞單位的做法。清泉崗毒品案發生時，企劃要拍攝宣傳影片，為展現全軍的反毒決心，我建議請司令親自入鏡。司令知道後，一口答應，使影片更有說服力。另外記者聯誼活動，他總是親切跟記者互動，增進感情與了解，後來我們辦「空軍社群見面會」，司令更以神秘嘉賓的身分到場，是受到粉絲熱烈歡迎的偶像。

總長畢業於總部附近的大直國小。有一年校慶，學校請總長以傑出校友身分出席活動，他非常高興，到場對小朋友多所勉勵。返程車上，我給他看十幾年前他還是中校時的新聞片，總長靦腆地笑說自己老了，我們說：「一點都沒變，」大家相視而笑。

最後一次與總長交談，是在西門町國賓戲院舉辦的軍官團教育。我們在廁所巧遇，他笑著對我說：「你們辦這些活動很辛苦啊，」我說：「服務部裡面同事是應該的。」因為快要開場了，也就不多說。

沒多久，我們歡天喜地送他去當副部長進而總長，期待有一天他能當上國防部的大家長。想不到總長這時忽然殉職，怎能不令人扼腕，不令人傷心。

于副局長是我的長官，他因為在國防部任內表現優異，晉任少將。不久之後回軍擔任軍團級主任及司令部政戰副主任，我真正跟他有交集要到司令部時期。當時我剛回軍，發現他嗓門很大，脾氣來得急去得快，起初還有點怕他。後來做的幾個案子，他發現我是聽得懂人話的參謀，也就是能夠了解長官的意圖，而且還能把事情辦得好，所以待我不錯。尤其辦了幾次記者聯誼活動跟幾次的新聞處理，對我的能力頗為滿意。

他莫不為我的前程著想，只是自己不爭氣，辜負他的好意。後來他高升副局長，我們也替他高興。一度傳出副局長要升局長，我傻傻地發通訊軟體訊息去問他，他當然不會正面回答我。事後案子沒成，但他再也不會回覆我的訊息了。副局長的離開，我們組長特別難過，他們倆人前後共事七次，情誼非常深厚。

新聞發布之後，我們一起到遠離人們目光的地方透透氣，組長才娓娓道來這些故事。

結著我們轉去三軍總醫院的靈堂待命。除了接待記者，也要管制記者，避免影響靈堂的布置。

天色慢慢暗了。殉職官兵家屬、心輔人員陸續抵達三總，場面一片哀戚。國軍高級長官也到了，個個面容嚴肅，某位司令頻頻拭淚，令人不捨。到了晚上遺體陸續運抵三總，第一輛正是運送總長的救護車。我看著運屍袋，上面沾滿了泥濘，想著裡面躺著的一位好長官，在聽到敬禮的命令聲一落，再也止不住從下午就忍住的淚水。

在淚眼中一一送別各位長官，眼見家屬認屍時的哀痛，連心輔人員都跟著哭了起來。就在場面快要失控的當下，高華柱前部長與夫人到場。他先向殉職人員獻花致意，並向殉職家屬慰問、致哀。最後高前部長向在場軍職人員一個個鼓勵、打氣。高華柱前部長知道此時士氣低落，因此以前大家長的身分，特地來為老部屬、老同事打氣鼓舞。一時間，我體會到了那種令人感動滿滿的革命情感與袍澤情深，我也為高前部長的這一份暖心之舉表示敬意。

——

後來的失事調查、聯合祭典、設置紀念專區就不在此贅述，我只是忠實的記載了我當天的悲傷與感動。後來我分別為總長及副局長各做了件無足輕重的小事。

總長家屬希望我們找出某一張總長的照片，後來發現那張照片不是我們軍方照的，而是某家雜誌的攝影記者拍攝的。長官交辦我想辦法索取，我拿起電話打給週刊的副總編輯，他二話不說把照片提供了給我，只是交代照片不要公開，免得他難做。我跟副總編輯保證沒問題。照片隨即經過了精美的後製，轉交給了家屬。

有一天正在整理手機裡的照片時，發現有不少副局長的照片。我整理好後傳給夫人，夫人非常高興，一再道謝。只能說我做的只有這些，還不及長官們照顧我的百分之一。過年前，我還特地去空軍公墓看看副局長，就在走出忠靈塔時，看著巍巍山川、朗朗晴空，在這天地之間，我有幸認識並追隨兩位將軍。雖無法為他們立下功業，但我這小小參謀也算為兩位將軍盡了些綿薄之力，為我軍旅生涯的最後階段，留下一個難以抹滅的回憶，甚至可以說是揮之不去的心理創痛。

＊二〇二〇年一月二日上午七時五〇分，一架編號九三三的空軍救護隊 UH-60M 黑鷹直昇機搭載空軍司令部人員前往宜蘭東澳進行春節慰勉時，於新北市的坪林和宜蘭縣的交界處墜毀。機上共十三人，參謀總長沈一鳴上將、政戰局副局長于親文少將、情次室助次洪鴻鈞少將、黃聖航少校、韓正宏陸軍一等士官長，以及黑鷹正駕駛葉建儀中校、副駕駛劉鎮富上尉、機工長許鴻彬罹難，其餘五人獲救。

新聞官是做什麼的？

話說從頭，告別了愉快的學校單位，交出了處長的職務，心想軍旅生涯的高峰已然結束。開著車下了山，從陽明山到大直其實很近，沒多久就到司令部公共事務組，去向組長李上校報到。組長跟我很早就認識了，那時我是總部中尉勤務隊輔導長，他是政戰部少校福利官，管理營站及福利事業，我常派人去幫他打掃營站。辦理報到的時候，才知曉他只剩半個月就要退伍了，我忍不住抱怨，「幹嘛叫我來跳火坑啊，」李組長只是笑笑地說：「這裡很好玩，你有豐富的參謀經驗，難不倒你。」組長逐一介紹我給組上的同事認識，組長開口就說：「這是新來的首席，都來認識他吧，」新人介紹就這樣草草結束，我也正式開始了新聞官的日子。

國軍的新聞官大致區分兩種，一種是專業的新聞官，就是電台、報社跟新聞通訊社的新聞官，他們要負責採訪、編輯、攝影、剪輯等，主要是做新聞文宣，透過電視節目、軍報及電台節目展現國軍的精實壯大。除了錄製國防部要求的節目之外，還有許多臨時的拍攝任務，歷經了三大裁軍案後，新聞單位在人力精簡之下顯得非常辛苦。

另外一種就是我們這種在各司令部、軍團的新聞官，主要是對媒體記者的探詢或各類與軍種有關的新聞議題，要負責鑑別，向業管單位或部隊求證，取得書面資料後，再依長官的指導發佈新聞稿說明、澄清，或是寫擬答稿交由發言人向記者說明。機制大概是這樣，看似不難，但當中卻充滿了各種學問。

首先新聞的來源，有電視（新聞、政論節目）、報紙、網路新聞跟雜誌，每一種媒體特性都不一樣。不同的記者有興趣的主題也不一樣，有的關心人事、各級長官的調動，有的精於武器裝備，對於本軍要採購什麼裝備都會提出建議，非常熱心。

有的新聞從業人員對典章制度十分了解。有一次某基地某隊辦除役機典禮，邀媒體去採訪。該單位也很用心，製作了該型機的服役歷史展板，其中有內容提到，直昇機載著總司令及各級長官，因為機件故障，迫降成功，人機均安，正副駕駛分別獲得獎勵。當時的副駕駛是尉級軍官，資料上顯示因此功獲得了三等雲麾勳章，某位資深記者如雄鷹般的眼光，指出尉級不可能拿三等，一查果然寫錯，不得不折服有些資深記者的專業素養。

有的自認為是軍事大師，國軍做什麼都錯，都要狠狠地修理。還有一種最愛登性騷擾啦、婚外情啊，最後再加一句國軍風紀敗壞了事，也沒有平衡報導。最有趣的一種，本身就是航空迷或軍事迷，他對空軍的了解比我待了二十多年的人還要熟悉一切。

——

不同型態的媒體，對於新聞呈現的方式也會隨之不同。

電視新聞通常只有一分半鐘的時間報導，不管出了什麼事，一則新聞都得在一分鐘內下結論。好事也就罷了，遇到軍紀事件，一分鐘那說得清楚。有一次，一個阿兵哥去火車站女廁偷窺，新聞台每小時整點就播一次，長官受不了，叫新聞官想辦法請對方少播一點。新聞官又不是新聞台老闆，哪有什麼辦法。

相對的，紙本媒體（或稱平面媒體）可以將案件從頭到尾鉅細靡遺地寫出來，認真一點的還把歷次類案做成表格，再度喚醒民眾的記憶。網路新聞最不靠譜，但很多記者是依據網路新聞來探詢事件的來龍去脈。有時候雖然讓人啼笑皆非，但還是得含笑（淚）收下對方提出的議題。

雖然我們「貴」為司令部的新聞官，但要從部隊取得書面資料也不見得通行無阻。每每通知各單位說有新聞議題了，總是被部隊的人白眼以對。要嘛就說跟他們無關，要嘛就說是「機密」，不能對外說明。好不容易，部隊心不甘情不願接下後，慢條斯理地處理，斟酌個半天。新聞議題本來就是要求快，有時候搞個一天一夜，送回來才兩行字；有些是國防部自己開的議題，晚回應又被修理。

新聞官要去處理這一類的工作非常吃力又不討好。基層多次反映，也沒什麼改善，後來經過多次的事件，長官才意識到問題，轉而開始重視。日後很多新聞議題或處理，都是由高階長官直接主導，我們要資料也比過去方便許多，處理也明快不少。

但這不代表問題就此解決了。很多長官仍然視媒體記者為「毒蛇猛獸」，交資料會留一手；或是軍紀事件，回報時輕描淡寫。如果我們拿著這些錯誤的資訊回覆記者，結果對方有更完整的資料，詢問只是來「釣魚」的話，直接應對的新聞官就倒大霉了。

最常見的狀況是男女不當交往事件，記者來探詢，我們往下問部隊，部隊就說「沒有啊！」，「只有公務往來！」等等。結果記者直接登照片出來，狠狠打我們的臉。這種事一再發生，所以新聞官每次跟部隊的輔導長上新聞處理課程時，都一再請求一定要說實話，我們再視情況處理，但絕對不會把各單位給「賣掉」。

除了做議題處理外，另外一個大宗是新聞文宣，尤其是電子媒體，製作軍事議題的節目非常受歡迎，也是軍事記者實力的展現。記者除了跑新聞外，若能做一個專題甚至獲獎，也是記者們自我肯定的方法之一。所以每當記者有什麼新點子、或什麼重大時事時，就會來提企劃，例如專訪女性飛行員、人工增雨、雷虎小組、救護隊、單機性能展示的飛行員（或大家口中常說的 Demo Team），都是很熱門的題目。

記者提出申拍，新聞官會依內容探詢所屬單位是否可以支援，若都沒問題，簽奉長官核定後，就跟部隊約時間、排行程。通常要拍一整天才可以剪出五至七分鐘的片段。若是專輯，時間就會更長、單位更多，如果是像《臺灣菁英戰士：傲氣飛鷹》這種長達六集的大製作節目就另當別論。此外還要支援電影例如《疾風魅影—黑貓中隊》

的申訪、申拍，也是需要各單位的支援配合才能完成。

另外還有我們主動邀約的，例如每年配合國防部辦「春節加強戰備」、「漢光演習」，空軍自辦的主要有「營區開放」、「成軍典禮」，若同一案件太多媒體申訪，乾脆就普邀，不要厚此薄彼。一旦決定邀訪，除了發邀訪通知外，另外要安排交通工具。還好我們是空軍，派機很方便，可以帶著記者坐運輸機到處跑。雖然搭運輸機並不舒服，但的確很節省時間。除此之外，還要準備新聞背景資料、記者手冊、餐點、伴手禮等等，行政事項非常繁瑣。邀訪通常效果都不錯，除非受訪單位發生很嚴重的失誤，否則都以正面報導居多。

印象最深刻的是民國一〇六年新竹的營區開放預演，ＩＤＦ戰機在做單機性能展示發生故障，落地時冒出陣陣黑煙，引發一片譁然。新聞官迅速提供到訪記者最新資訊，並安排飛行員受訪，在現場長官迅速、正確的指導下，將飛安事件，轉化為飛行員臨危不亂、處置得宜的方向發展，反而出現正面的報導居多。

另外，還有臨時記者會、專案文宣、記者餐會、聯誼活動及臉書粉專經營等等，可說是非常多元。可是這麼多活動或是議題處理，絕對不是憑一己之力可以完成，需要每個新聞官相互合作才行。剛報到的我什麼都不懂，卻要領導下面的學弟妹幹活，心中五味雜陳，心酸往肚子裡吞。反正不管了，軍人嘛，哪有什麼事做不成的，就硬著頭皮幹吧！

老菜鳥第一次上場碰上大場面

民國一〇四年適逢七七抗戰勝利七十週年。

國軍的文宣單位通常在古寧頭、八二三砲戰等重要戰役的逢五逢十年份，辦理一系列紀念活動，會有音樂會、紀念專刊、藝文展、史料展等一系列偏向靜態的活動。可是抗戰勝利七十週年可不一樣了，除了上述活動照常舉行外，這一年還在湖口裝甲兵基地實施國防展演，也就是大家口中的閱兵。為什麼要如此盛大呢？因為當天老共也要在天安門廣場閱兵，紀念反法西斯戰役勝利。可是眾所皆知，抗日是國軍親自上場參與的，老共不但沒打過幾場像樣的仗，還常常襲擾國軍。現在為了爭奪抗戰話語權，把功勞通通攬到自己身上，任誰也嚥不下這口氣。

要知道國軍每一個單位的隊史，不管番號如何變更，只要往前回溯，八成參加過抗日戰爭。以我們空軍為例，當初參加「八一四」空戰的二一、二二、二三中隊，至今仍在嘉義駐防，另外國人熟知的飛虎隊，七、一七、二六、二七等隊，現在還是存在，戰報、隊史仍然完好的保存著。歷史歷歷在目，當年飛行員血戰長空，老共憑什麼抹煞？還搞出「八百壯士」跳黃河的神話，再不正本清源，抗戰歷史大概也要拱手送人了。

上面大概也知道問題的嚴重性，所以增添國防展演科目，規劃在湖口裝甲兵基地，以空中、地面分列式及戰技操演的方式實施。其中最令人矚目的，莫過於複刻當年使用過的武器，及邀請參戰老兵身著抗戰年代的軍服一同參加閱兵。這無疑是活動最大的焦點，自然引起軍事記者的矚目，也非常熱心的報導。但無奈還是發生了兩件小插曲，為活動平添了話題性。

請老英雄參加閱兵，當然要隆重以對。尤其空軍是軍官作戰的軍種，每位前輩期別都大得嚇死人。講難聽點，當這些老前輩正叱吒風雲時，總司令說不定還在讀幼校呢。我們特地訂製了當時的飛行服，但是配件如手套、飛行帽、飛行靴等已經與過去大不相同，需要另外籌購。打扮起來的前輩們，個個果然英姿煥發。然而，在七月天穿著厚重的飛行衣，還要一遍遍參加預演，著實辛苦。

預演的照片公布後，悲劇發生了。眼尖的記者發現，老英雄的飛行帽居然買成俄軍裝甲兵的防撞帽。這下子事情大條了，在一連串的檢討下，最後以承辦人調職結案。學弟買不對、舊裝備也沒人懂，層層長官看過也沒有發現問題，最後卻還是被調到花蓮去，實在有夠倒楣。

另一個亮點，是將繼承三、五大隊中美混合團的F－16和IDF戰機，各挑選一架畫上紀念彩繪。這個企劃需要時間準備，老早就引起眼尖的航迷跟記者的注意。空軍的後勤單位也不負眾望，將鯊魚嘴、飛虎弄得漂漂亮亮，還加了日本的小國旗，意寓一面小旗代表擊落日機一架。可是後來又把戰果塗銷，引起各方揣測此舉是否引起了與國外的紛爭。空軍還為此特別開記者會說明，大意是，「重新做了歷史考證，參考世界各國辦理相關紀念活動，均未將戰果塗於現代戰機上，因此依國際慣例辦理塗裝修飾」云云，才逐漸將質疑的聲音降下去。

這兩件案子，都還只是小插曲，當天的情形才是重點。

到公共事務組報到後，發呆了兩天，沒值日就不用處理新聞，剛到又沒業務，學弟各忙各的，也不好意思叫我做事。沒多久，國防部新聞處通知，各軍新聞官都要支援國防展演的媒體接待任務。第一次轉職新聞官就讓我碰上了這等大節目。到了當天我們向新聞處報到，現場中外記者非常多，新聞處分配我去報到處幫忙換證、發新聞手冊。一聽，心裡就犯滴咕，我誰都不認識，怎麼接待啊？後來看了一下，就是請記者簽名、換證，我們再發採訪證與資料。「好啊，不難嘛！」我就協助發東西，記者來報到時，若是不熟的，總會禮貌問一句，請問是本媒還是外媒，以增加報到速度，我是一個都不熟啦！後來來了一個年輕、風度翩翩的俊男記者，我很禮貌的問他：「請問本媒還是外媒？」

他以一種不可置信的眼神看了我一眼，狠狠說：「你有事嗎？」扭頭就走，意思就是你怎麼可能不認識我。

當下心頭想想還真悲哀，都四十多歲了，還要被這種小孩子修理。

算了，剩一年就服役滿二十年，一定馬上退伍，再也不受這種鳥氣。

後來押著記者專車去湖口，一路倒相安無事，因為我負責的是國外媒體的專車，反正語言不通，趁機好好休息。我心裡也納悶，「外聯官不押外媒車找個新人來。沒關係，等將來摸熟了再報仇。」到了現場，安頓好記者去攝影點就位，我就沒事了，準備找個位置看展演。頓時，李組長突然出現，組長剩十天退伍，一身輕便服裝，像是來參觀的鄉親，果然是要退伍的最大。接著展演開始，一切都很順利。只有空中分列式時，有一架ＩＤＦ戰機在編隊時晃了一下，又引發記者的質疑，是否操作失當或練習不力。只見司令部政戰主任輕描淡寫的說，「今天湖口氣流不穩定，戰機受到前面梯隊尾流的影響，飛行員立即改正」等等，也為展演多了一段小插曲。記者也沒多為難我們，之後還有媒體專程去台中專訪該飛行員，讚揚他臨危不亂，反而成為正面議題報導。我也見識到我們張主任的反應及臨危不亂的特質，果然有大將之風。

展演結束，參觀的來賓陸續離場，記者們不論平面或是電子都拍得很滿意，獨缺訪問抗戰老兵，就請我們幫忙，臨時請一、二位抗戰老兵來做專訪。李組長自然一口答應，去協調軍情處長，因為海外返國的抗戰老兵都歸他接待，商請支援一位老兵受訪，想不到他以安全及另有行程為由，拒絕讓老兵受訪，組長自然很生氣，兩人在現場講著講著就槓起來了。

當時我心想，老人家行動緩慢，訪問不會講多久，就擅自請了一位「永遠的上尉」朱安琪老先生受訪，陸軍也派出一位老兵受訪，結果發現他們在常德會戰中還並肩作戰過，非常巧合又感人。訪完拍完照，趕快請老人家上車，結果發現長官們的爭論還沒有結束，我快笑死了。可能天氣熱、又累，大家火氣都不小，趕緊去把他們拉開，說沒事了，趕快引導老先生們上車吧，他們才悻悻然離開，就這樣在一片混亂中，完成了我第一次接待記者的任務。至於那位年輕的記者，還好他後來轉線了，不然……嘿嘿嘿。

不只約吃飯那麼簡單

各軍種與記者交往最密切的，大概就是我們這批新聞官與組長了吧。雖然政戰主任是司令部的發言人，但是見到記者的機會並不多，通常都是電話訪問居多，所以每當有政戰主任異動，記者們總會說：「吃個飯認識一下吧。」

通常請記者吃飯或聯誼，大都在三節前後，從國防部到各軍司令部都會辦理記者餐會，除向記者賀節外也順便連絡感情，長官們也可以做做公關，或者跟記者講幾個八卦或獨家。當然這些獨家都是反覆推敲過的刻意安排。

辦記者餐會說起來容易，但辦起來相當繁瑣。首先要訂日期，看長官哪一天晚上有空，趕快要長官的秘書把這天給框住。日期有了就要訂餐廳，通常要交通方便且有包廂的優先。有一次長官指示到某家餐廳辦餐會，地點在台北內湖的山區，過去沒有想到的問題前仆後繼冒出來：找不到路的、沒交通工具的，各種狀況都有。

再來就是要一一通知記者時間、地點，然後上案子、找預算。除了餐費、酒水之外，還要安排伴手禮。以前最混的做法是送馬克杯跟紀念帽，後來有記者說她家的帽子跟杯子已經快擺不下了。要送合適、價錢又不太高的禮品，困難度比想像中還要難。

隨著時間逼近，要一一調查記者當天是否出席，當然還有確定司令及處長級長官會到場，這樣才可以安排座位。記者座位可不能亂排，資深的坐主桌，不對盤的、有過節的不能排在一起。會喝酒的最好排在同桌，該桌主持的長官最好也要會喝，就熱鬧啦，不會喝，來吃飯的，就……好好吃飯吧。接著還要準備主桌資深記者的背景資料、司令致詞稿及近期本軍重大新聞議題的資料——後來有個新名詞叫「談參資料」——這樣長官們才會安心，免得跟記者半生不熟，喊錯名字就糟糕了。這些大概就是前置準備的情形。

餐敘當天，長官一一入座，記者們通常都會稍微晚點到，電子媒體下班都比較晚。等人到齊、司令致詞完畢，餐會開始。菜一道一道的上，酒一杯一杯的喝，沒多久就會很熱絡。熱鬧一陣後，時間也差不多，開始歡送記者並贈送紀念品，把長官送回部內，又完成了一次記者餐會。

這種類型的記者聯誼辦了兩、三次之後，古靈精怪的唐組長問我，有沒有別的模式，「每次都只有吃飯太無聊了。」我隨口說：「先帶記者去爬司令部後面的劍潭山步道，操一操體能，然後下山走去碧海吃飯。」組長想了想，回說：「好像缺了點什麼。」他拿起電話打給退役後在陽明山當導覽志工的李前組長，請教他哪裡有比較好走的步道，然後找一間溫泉飯店，泡泡溫泉後再聚餐。李前組長說沒有問題，交給他來想辦法。沒多久訊息來了，李前組長說有一條金包里大道很適合。

金包里大道過去稱魚路古道，是從前台北與金山間運送漁獲的道路。行程由上磺溪停車場出發，一路向上走，終點在擎天崗。我跟兩位組長先去爬了一遍，發現若中間不休息、不導覽一直走的話，還挺累的。路線定了，接著就要找飯店，總算在八煙附近找到一家很適合的地點。最後如何跟長官溝通，同意辦這個案子，就交給組長啦。

果然！在組長三寸不爛之舌說服下，各級長官勉予同意。案子奉准之後，我又開始上案子，找預算。這次是要帶著司令及各處室長官出門，非同小可，安全十分重要，時序的安排也很重要，避免太多時間空等，所以採團進團出的方式，租賃巴士統一前往。

——

既然長官都沒問題，接下來就是細節處理。首先要確定日期，通常選在星期五下午，雖然初秋天氣穩定，但是山區我們都有點擔心，請「氣象中心」預報當日天氣。當天天氣還不錯，活動是從中午到晚上結束，及早提醒記者，儘早安排排休，免得到時候長官比記者還多就不好。

隨後，開始租車、安排隨行的醫護、安全人員，還要在步道中間設置三個茶水站，這些都不能輕忽，還要安排攝影人員，發函給陽明山管理處，請他們派人員導覽，介紹沿途的風景。再來又是準備餐會，這次酒水、禮品統統要上山，還要調查出席人員以及編排座位，一切都跟平時辦餐會一樣。

組上人手本來就少，當天根本忙不過來，只好商請外調的同事臨時回來幫忙。正忙得不亦樂乎時，政戰副主任說他要去走一趟步道、了解環境，如此他才能在當日引導長官。同時，還要去飯店看一下環境跟路線。當時我心想：「果然是過動兒，愛跑來跑去，」我跟組長陪他爬了一次，副主任體力不錯，爬得很開心，去看場地也很滿意。就這樣，活動都還沒正式開始，我這個承辦人就已經先來回走了兩次山徑。

活動當天，長官們都一身勁裝，神采奕奕，記者們更是個個磨刀霍霍、興奮不已，他們大概也很久沒接觸大自然了吧。這一天天氣很好，雖然陽光直接照射，可是很舒服，秋高氣爽。到了上磺溪停車場，我們架起簡易的麥克風讓司令致詞後，期待已久的行程接著開始。而我，紋風不動地看著隊伍上山，拉著一個學弟說：「上車，我們押巴士去擎天崗等他們，」我不想再爬一趟了，可是想到組長要爬第三次，心裡忍不住噗哧地暗爽偷笑。

步道前半段有樹蔭跟小橋流水，走起來相當舒服，後半段出了森林，到了草原會比較陡峭，一直要到擎天崗古城門坡度才會漸緩，對於缺少運動的人來說，是有點辛苦。我跟學弟在擎天崗遊客中心吃著肉粽等著隊伍抵達，另一批學弟則提早到飯店去忙進忙出。

到了飯店，先招呼長官、記著們去泡湯，開始布置餐廳，餐會時間快到時一一請入席。這時記者們經過大汗淋漓的登山及泡完溫泉，身心都非常舒坦，吃起飯、喝起酒來特別有勁。酒過三巡，記者們一邊和長官聊天、一邊歡唱，場面非常熱鬧。記者直誇這次活動辦得好，空軍的長官活潑又隨和，我對著組長示意一下眼神，暗示說：「這把成了」。

後來我們又辦了二子坪步道、擎天崗步道及夢幻湖步道的聯誼活動——依然很受記者歡迎。我們希望部內高級長官能與記者保持一定的交誼，主要是避免長官以後擔任政戰主任等要職後與記者太陌生。雖然記者也不會因為這樣而改變什麼，寫照寫、罵照罵，這是他們的工作，無可厚非。

這類型的案子能成功，必須感謝兩人，一位是當時組長唐上校。他是一個腦筋動得快、又有行動力的長官，在他底下做事絕對不會煩、亂、忙。另一位是故總長沈一鳴上將，他擔任司令時大力支持本項活動，除每次均親身參與外，對於記者要求的合影、簽名非常配合，簡直是走在「星光大道」上的偶像。有時經費不足時，他還大方用自己的行政費支援，讓我們「子彈充足」。每當想起記者拉著他大唱《凡人歌》時，他那自在、雍容的展現，既已成為絕響——

問你何時曾看見　這世界為了人們改變

老掉牙的年度參訪也可以辦出新鮮感

轉眼間已到了歲末年終，臘八節也過了，按傳統要準備過年了。在部隊的話，通常政戰部門要為春節留守活動做規劃。人事單位要把人員休春節假期的預劃做好。通常人員分三批休假，許多官兵都希望能與家人團聚，爭取放除夕跟初一這一批最精華的時段。但是許多老兵寧願在部隊過年，反正也不操課訓練，部隊又加菜，倒不如等一、二梯休假回來了，他們再休年假，這樣等同休了半個多月。反正每個人算計不同，就看「參一」人事的「喬」功了。

基層幹部休不了年假，都是等大家休完了，輪我們政戰幹部休的時候，總部、司令部、聯隊也開始正常上班，各項督導、檢查又開始了，休假都是「潛意識」在休的。

話說回頭，國防部新聞處過年前會辦例行性的「春節加強戰備」記者參訪活動。這個活動已經行之有年，以前稱「春節巡弋」，顧名思義就是安排三軍部隊做各項操演，提供給記者拍攝、報導。透過媒體的傳播，讓國人意識到雖然在歡度春節，但國軍官兵仍在第一線戍守國家的安全，籲請國人安心過年。

這活動意義不凡，可是對我們空軍來講就有點傷腦筋。說到拍戰備畫面，空軍只有六個戰鬥機聯隊外加一個空運混合聯隊，怎麼拍就這幾個基地，實在變不出什麼新把戲。飛彈部隊算機敏單位不能拍，雷達站也不能拍，所以題材很侷限。各基地能做的就是緊急起飛或是潛力裝掛*。其他包括攔截、空中戰鬥巡邏（CAP）又拍不到，所以每次到空軍來要安排的科目，總是讓人傷透腦筋，總不能每年都一樣吧？畢竟三軍同場競技，還是要爭一下版面，有時候連吃的便當、送的紀念品都會比較，到時版面太少，或報導時間太短還要被長官叨唸說是自己辦事不力。

我第一年辦春巡，案子先會戰訓處，請他們提供受訪單位。戰訓處根據年度訓練、作戰績優的單位給我們參考，通常這都只是走程序。這一年，我心中已經暗地裡認定要去嘉義基地了。那裡除了F－16戰機之外還有救護隊，機種比較豐富，還可以把救護裝備擺一擺，畫面煞是好看。然而，這還是不夠精彩。

我找上嘉義基地的政綜科長，問：「還有什麼有趣的東西」，他說不妨考慮「飛機洗澡」。科長說，嘉義基地新建置了自動飛機清洗機——在地面噴水，然後飛機滑過去就洗完了，全程不到三分鐘，比平時人工清洗不知省去多少時間。戰鬥機或救護機一趟任務下來，會沾滿鹽分或其他汙漬，很容易腐蝕機身。軍機出完任務後，馬上至清洗站用 RO 逆滲透水清洗，確保機身的清潔。我一聽，心想「真是太好了」，那一年，飛機清洗站成為空軍春巡的亮點。

到了隔年，嘉義不能再去了，又要開始傷腦筋。這次配合國防部行程，要在南部舉辦，唯一能配合的只有台南基地。第一聯隊的主力戰機是F－CK－1經國號戰機

* 編註：潛力裝掛的作業人員是由武掛、機務室、彈維、地裝、油料、配件、拖車班、消防及醫療等專業官兵組成，作業時刻不容緩，務必要求全項作業都能順利遂行。

（或是大家所熟知的ＩＤＦ戰機），該聯隊非常精悍，每天飛機飛不停，從早到晚訓練不斷，要他們參與春巡操演絕對可以。但還是老問題，「要更精彩」。想了半天，跑去問防空部，駐守在基地的防砲部隊可不可以配合操演。防空部的事務組長也是老熟人了，一句話：「學長，你隨便用！」

這次請防砲連操演二〇機砲的射擊程序跟車載型劍一防空飛彈的發射操演。這是我第一次親眼目睹劍一型飛彈操演，看到四部飛彈發射車一起出擊蠻拉風，總共掛了十六枚飛彈，威力驚人。另外又請第一聯隊派出十二架ＩＤＦ戰鬥機表演「大象漫步」，在滑行道或跑道集結，在地面上擺出密集隊形，以前沒看過，場面非常震撼。這樣，第二年的任務總算應付過去了。

可是，時間怎麼很快又要春巡了？沒招了，只好去找組長想辦法。組長這個古靈精怪，說反正Ｐ－３Ｃ巡邏機成軍了，就讓Ｐ－３來表演吧！我說：「要去屏東嗎？」原先因知道Ｆ－５戰機來日無多，想說規劃去台東拍Ｆ－５，讓記者多拍一次是一次，將來機會只會越來越少。記者也認知到這個狀況，提出類似的建議。

組長說那就去台東。組長的想定是，台東近海發現敵潛艦，我們派Ｐ－３去模擬監偵，再由嘉義的F－16接替攻擊，做一次小規模的演訓，不打實彈以熱焰彈代替也是精彩。研究了半天，似乎可行，跟上面提報，長官勉強同意後，我們就動了起來。

預演時帶了平面、新聞台記者代表先去勘查場地，看哪個位置最好取景。F－16操演完後，要在台東志航基地的簡易鋼棚內實施整補，加完油再返回嘉義，內容算是非常豐富。當然還有F－5戰機的各項操演。台東副聯隊長還說：「別看不起F－5，這飛機還是很兇悍的，」確實如此，但是攻擊操演時，距離實在太遠，攝影效果不好，而且太浪費資源，動用到三個聯隊的兵力，效益卻沒有比較好，這樣的安排也因此成為絕響。

到了第四年，我建議去新竹基地。考量到新竹不久後要修跑道，短期內想看也看不成，所以請新竹規劃包括緊急起飛、潛力裝掛及大象漫步等課目，外加試車台的體驗——將一架幻象2000戰機的發動機實施大馬力測試，讓記者體驗幻象戰機發動機兩萬磅推力的怒吼。

活動當天，新竹淒風苦雨，在跑道頭拍大象漫步悽慘無比，風大又下雨。記者們頂著風雨拍攝——當記者是很辛苦的。到了試車台測試幻象戰機大馬力試車時，一瞬間除了音爆跟震撼力外，四周本來不到十度的低溫整個溫暖了起來，幻象戰機有那麼好的鑽升能力不是說假的。中午休息、發稿時，除了提供美味便當，還附贈新竹名產貢丸湯，溫暖了記者的身心靈。

到了二〇二〇年，也是我參與的最後一年，承辦人早已交棒學弟了。年初的「0102事件」雖使我們大受打擊，但還是無懼壓力選擇了嘉義基地。一來嘉義已有完成性能提升的F－16V戰機，天藍色的海鷗直昇機也已功成身退，換裝成橄欖綠的黑鷹直昇機，趁此機會向記者展示這兩項新裝備，並宣示空軍不會因為「0102事件」而停止各項戰備訓練。尤其聯隊長，雖然受了很重的處分，仍然樂觀開朗地做好各項準備工作，令人敬佩。

活動當日，我們一面採訪、拍攝的同時，看到救護隊的UH－60黑鷹直昇機不斷地實施起降訓練，甚至「干擾」到我們的採訪行程，但是記者們都可以理解，甚至有幾位與救護隊較為熟悉的記者，用完中餐後還跑去救護隊，為隊上的教官們加油、打氣。誰說記者只會報憂，他們還是很有人情味。毫無懸念，當天吃的是嘉義火雞肉飯——結合當地特色，讓記者們可以大快朵頤一番。

總結來說，春節加強戰備我總共辦了五年，跑遍全台各個空軍基地，認識到各個基地的生態以及平日運作的情形。雖然我也在基地服務多年，但平時只要管好自己的單位就好，比較少全面性地去看單一基地的運作。到司令部當了承辦人之後，從現勘、預校到實施，總是搞得風風火火、熱熱鬧鬧，對自己也是收穫良多。有兩次陪同長官預校時搭乘行政專機前往，其中一次飛機臨時故障換預備機；一次落地失敗後重飛，重飛的四十分鐘都在雲霧之中，不見天日，可說是驚險刺激。

這些在我的春巡經驗當中，都留下了深刻的記憶。

民眾的苦與樂都體現在基地開放

空軍開放民眾進入基地參觀的歷史相當久遠。

往年是在特定的日子例如「八一四」空軍節等重要節日，不定期開放民眾參觀。直到民國九十六年國防部全力推動「全民國防教育」，其中一個項目「國防知性之旅」，就是營區開放。在前一年，國防部作戰計畫室就會規劃各軍營區開出的場次，然後跟各軍種討論日期，訂定下一年度的場次。雀屏中選的基地可要好好詳細規劃，空軍的場子動輒上萬人的場面，沒有經歷過的人，看到都會嚇壞了膽。

空軍辦理基地營區開放，區分動態的空中戰力展示跟靜態的裝備陳展。空中動態，主要有地主單位的空中分列式，通常是大雁隊形飛一個梯隊，然後是三型主力戰機的單機性能展示；可以看到幻象戰機的鑽升性能、IDF戰機的靈活性，以及F-16最後低飛的震撼效果。壓軸是雷虎小組的戰技操演，往往都會讓現場觀眾情不自禁的叫好，尤其是雷虎小組的各項拿手科目，例如「單機尾隨滾」、「扇形展開」、「四機一致滾」及「向下炸彈開花」，總會叫人捏一把冷汗。再加上地面的各式陳展機，都是民眾鏡頭拍攝的好對象，還有空軍樂、儀隊的演出，也是非常精彩，最後還有園遊會。

每回空軍辦營區開放，擔心的不是節目不夠精彩，而是營外的交通堵塞及民眾的接駁問題。畢竟參與的民眾實在太多，動輒一、二十萬很常見，通常會造成交通大打結，可以想見空軍的營區開放是多麼地受歡迎了。

除了邀請民眾參與，司令部也會邀請各國駐華武官、退役將領以及地方縣市長、地方仕紳參加，共襄盛舉。除了派專機送往，中午在基地餐廳辦理大會餐，熱鬧有餘，這是後話。

新聞單位的任務是邀請記者參加，並請他們擴大報導、宣傳。活動當天並不擔心，因為各家新聞台都會派SNG車來直播報導，我們的重點是平面媒體與雜誌。基於媒體的特性，雜誌往往會給予較為詳實的報導，篇幅也多，但若是活動當天才安排邀訪，民眾太多記者往往無法好好拍照，我們因此都會趁全兵力預校的時機，邀請記者做先期採訪，甚至在更早之前就請資深的攝影記者走一遍基地各處，找出最好的攝影點，讓大家能夠拍個痛快。

每每在預演時，基地外總是有許多航空攝影同好蹲在基地外面拍照，有一陣子因「要塞堡壘法」的關係，對於基地內能不能拍照這件事，各方詮釋都不同，因此不管是基地自行前往規勸，或請警察取締而引發的衝突，也造成我們的困擾。當時臉書剛開始起步，我們需要大量的好照片，組長乾脆一不作二不休，邀請航空攝影同好進入基地拍照，過程中比照媒體提供礦泉水跟便當，先決條件是所拍攝的照片要無償提供給空軍司令部使用。同好們當然很高興，也很配合，所以那一年我們獲得了很多高畫質的精美照片，只是後來基地意願不高，就沒再辦了。

我們還會在預校日的時候辦「臉書粉絲見面會」，邀請民眾與負責飛行表演的飛行員見面、互動。這項活動非常受歡迎，主辦方會安排神秘嘉賓參與，這又是我們組長的主意。神秘嘉賓居然是空軍司令，擔任這個角色最多場的是沈一鳴司令，他無疑是空軍最大咖的偶像級人物，是很多婆婆媽媽的最愛。張哲平司令也有擔任過神秘嘉賓，其實張司令效果更好，因為天生的幽默感，往往妙語如珠，與粉絲互動反而更有趣。同好拍照、辦粉絲見面會，雖是營區開放的附屬小活動，但是收效卻是比想像還大。

到了開放當天，新聞官在現場已經分不清誰是記者誰是民眾了，只能放牛吃草，在新聞中心應變，幫記者處理臨時的問題。同時，還要在園遊會場設攤部署，推廣空軍的臉書粉絲專頁，雖然只是打卡按讚送紀念品，卻經常造成大排長龍。有人會先加入、退出、再加入，反反覆覆來要紀念品，遇到這種民眾你也沒輒。

當天到場十幾二十萬人，雖然都會請中華電信增設機動基地台，但還是跟跨年晚會一樣，電話基本不通。接駁也很痛苦，有時是車輛不夠，等車的民眾排隊老半天；有時是交通堵塞，人還在車上，飛行表演已經開始，那真是令人為之氣結。再者就是千辛萬苦進來了，要走時卻等不到接駁車，基地佔地很大，民眾只好自行慢慢走出基地營門。每次八月辦基地開放，天氣熱、火氣大，民眾往往罵得半死。基地本來就不是為了開放而設的，很多設施無法讓民眾滿意是可以想像，但為了可以欣賞飛行表演，也只能請民眾多多擔待了。

當然營區開放這麼多人參加，這麼複雜而繁瑣的行政事項，辦理起來實在不容易，但還是有許多小插曲值得回味。

有一年在新竹，科目是ＩＤＦ戰機性能展示，科目做到一半時，發現其中一具發動機在冒一縷黑煙。在我旁邊的陳東龍總編輯就說飛機有問題，果然沒幾秒，就聽到碰碰兩聲，冒出了火花，戰機緊急降落。落地後還冒出陣陣黑煙，飛行員在戰機出狀況下，緊急應處得當，人機均安。後來在粉絲見面會還請司令頒紅包給他，獎勵他的臨危不亂。事件發生後，我蹲在司令台後面用手機打新聞稿，馬上運用即時通訊軟體發出去，化解大家的疑慮，後來各家報導也屬正面，成功化解一場尷尬。

還有一次在官校辦營區開放，下午結束時，我們幾個新聞官沒有便機可以搭，正準備要去坐高鐵，突然官校的新聞官接到地方記者電話，對方當天未及到場採訪，希望官校提供幾張照片給他。結果官校小老弟說現在撤收很忙，要晚些時候再給，對方聽了很生氣，兩人吵了起來。後來該名地方記者控訴官校新聞官、把事情鬧大，變得司令部要出面澄清，組長叫我寫道歉信函給對方，事情才算化解。當其時我們都在，手機裡也有照片，給個兩張就算了，但小老弟有他的堅持，為自己找麻煩，差一點造成無法收拾的局面。

——

要說哪一個基地最適合看特技表演，大家應該都公認是花蓮空軍基地。原因是表演時有中央山脈當背景，東部的碧海加藍天，非常漂亮。加上位處東部，參加的民眾不會到十幾二十萬，參觀時也比較舒服，不會太擁擠。有一年又在花蓮辦，活動前一晚風雨交加，居然將花大錢搭的司令台給吹垮了。司令部當機立斷，那些從台北出發的受邀嘉賓——退將、駐華武官及貴賓——通通取消行程，原本司令負責主持也換成聯隊長代替。然而，到開場時天氣卻來個一八〇度的好轉，所有科目順利執行，重點是司令部沒有長官參加。我們前進部署的人員早早撤了，趕回台北休假，順便還買了不少名產。可謂，人算不如天算。

這兩年因為疫情的關係，營區開放也不辦一陣子了。其實營區開放不用那麼正式，每次熱得要死，司令還要穿軍常服主持，實在辛苦。就算沒有長官主持也沒關係，時間到節目直接開始也很好啊。試想，工作人員穿長袖、結領帶、戴大盤帽，在三十七、八度的高溫下工作實在辛苦。後來發現海軍司令主持營區開放是著夏季服裝，也不見得失禮。空軍就是不願意改，不知道在堅持什麼。

不過營區開放好玩歸好玩，其實還蠻花錢的，尤其在行政接待上，大部分資源是花在貴賓身上。如果投放更多資源在民眾身上，減少行政接待相信未來的基地開放將會辦得更好。

木蘭英雄

台北市政府為了紀念八二三砲戰勝利六十週年，將大直的北安公園改稱「八二三紀念公園」，並立碑紀念。台北市長柯文哲邀請國防部各司令部捐贈當時使用的武器，共襄盛舉。

陸軍捐贈了歷史留名的一五五榴彈砲，海軍捐了海戰中建功的雙聯裝四〇砲。我們空軍請一指部重新塗裝、檢整了一架當時創下三十一比一戰績的世界傑作機F-86軍刀式戰鬥機贈送給台北市政府。捐贈當天的儀式，由前副司令張延廷中將代表捐贈，柯市長親自到場，當年參戰代表也來觀禮。

這項活動當然也是新聞官的工作。組長帶著我跟另一位同事去會場，順便跟台北市政府新聞處打打交道。席間看到一群老婦人也坐在貴賓席，我以為是參戰官兵眷屬之類的，想不到我看走眼了。

當天天氣很熱，議式又冗長，耐不住性子的我，想要找點樂子，就去看簽名冊，找找有哪些貴賓參加。不看還好，看了嚇一跳，幾個熟悉的名字映入眼簾。我曾讀過一本國防部出版的《巾幗英雄：女青年工作大隊口述歷史》的史料著作，其中女青年工作大隊第四中隊是全程參加八二三砲戰的全女性單位。我記得當中的幾個名字，想不到眼前這幾位就是當年四中隊的成員。

我趕快跑過去自我介紹，跟她們聊聊天，幾位前輩很高興，跟我說起當年四中隊在戰前的六月份到金門宣教的任務。他們有的去「喊話站」播音，有的去教導官兵識字、讀書。到了八月，金門已是戰雲密布，總政治部主任蔣堅忍將軍要她們立即返台。後來全隊一致決議要留在金門繼續服務，獲得當時司令官胡璉將軍的稱讚。砲戰發生時他們主要是在醫院服務、幫官兵寫家書及對敵心戰喊話。直到十月砲戰漸歇時，四中隊才調回台灣，與五中隊換防。當天與會的陳信妹女士一直在烈嶼的喊話站，於砲火中對敵心戰喊話，獲得干城獎章乙座，真是女中豪傑。

我非常敬佩這些女前輩、女英雄，因為當時他們才十七、八歲，初生之犢，不曉得害怕，只有滿腔愛國熱忱。砲戰結束後，全隊既毫髮無傷地回到台灣，也算福大命大。砲戰時中隊長已懷孕四個月，依然在戰場上來回奔跑，返台後接著又去新訓中心宣教，馬不停蹄地工作，還參加國慶閱兵，青春歲月全都奉獻給了國家。我立刻拿出手機請她們合影，能見到這些女英雄，備感榮幸。當下覺得，「當新聞官真好」。

在那個年代，女孩子能參加女青年工作大隊是一件很光榮的事，每年招收的員額並不多，結訓後雖然掛少尉階級，實際上是聘雇人員。每年會有少數的政戰學校畢業女生分發到女青擔任隊職幹部，直到民國八十年女青年隊整編，不再招收聘雇人員，改招女性專業軍官班，將聘雇人員位階提升至軍職人員。

位階雖然提升，但是人員招收情況並無法滿足需求，總政戰部就將主意打到政戰學校畢業的女生身上。以往畢業生去都當分隊長，到我們期上開始，除了留校之外，其餘女同學都要去女青服務兩年，而且是當隊員，搞得女生們怨氣沖天。女青特有的「驗收」制度與每三個月輪調單位宣教，實在很辛苦，還要返回大隊集訓，所以畢業前每個同學都哀哀叫。

等我到了部隊、在空軍官校擔任警衛營排長，我們的女同學們已經在全國各地宣教。其中我參加過一場由同學主課的課程，才發現女青真的厲害，可以把較為內向、拘謹的同學訓練成能說、能唱又會帶動氣氛的主持人，真是了不起。後來有一組女同學到大崗山的裝甲獨立六四旅宣教，離我們官校不遠。我作東邀請她們到岡山鎮上吃羊肉爐，慰勉同學的辛勞，也算盡地主之誼，還請當時在空軍官校擔任區隊長的同學們給予「行政支援」。

同學們有情有義，大力支援，當然不是因為我，是有女同學的關係（笑）。不但派出車隊前往接人，還安排參觀校園、送紀念品，最後浩浩蕩蕩到岡山有名的羊肉店大吃一頓，為兩校的同學辦了一次很好的聯誼活動，也算我對同學們盡一點小小的心意。不過，只要有女同學到駐地附近去宣教，一定都會被同學招待，這也是革命情感的展現。

隨著時間的推移，女青年隊還是走向了面臨縮編的命運。當我在戰管聯隊擔任政戰官時，女青年隊協調與聯繫是我的業務。當時的總政戰局長程邦治上將，親自帶著一組女青的學妹們，到各高山、偏遠單位去宣教。凡是高山、偏遠單位都有我們戰管聯隊的單位，我們各陣地可是都在「山之巔、海之濱」呢！

後來國防部開會協調的結果，選定了陽明山跟樂山兩處陣地。當時是冬天，氣溫非常寒冷，到陽明山宣教時都已經是淒風苦雨，隊員們只穿著一般的夾克，根本不保暖。一到隊部，立刻每人發一件防寒夾克，並送上熱薑湯，才能勉強宣教。中午用餐時，明明都是熱菜熱飯，一打到餐盤裡就變冷，政戰主任還竊笑著說，「讓他們體會一下高山單位的辛勞。」

下一站，樂山。我跟政戰主任在前一天先行上山，局長跟學妹們搭救護隊直昇機當天上午到隊。宣教完、用完餐就走。我們上山時，官兵非常期待，指揮官也非常有趣，吃飯的時候還說：「明天有任務，局長要來我們就少喝點，」最後還是喝得「天昏地暗」。

隔天天氣不好，直昇機落不太下來，後來出現雲洞，直昇機逮到機會才順利落地。女青隊員們立刻實施宣教、圓滿結束。正當要用中餐，飛行員說氣候轉壞了，立刻要走，學妹們看著滿桌的佳餚卻無法用餐，就跟我說：「學長，我快餓死了。」我只能安慰說：「局長會請妳們吃飯的啦！」

這是女青裁撤前，最後一次到戰管單位宣教，剛好是小弟承辦，與有榮焉。

沒多久，女青年隊走入歷史，我總認為女青應該要跟藝工隊一樣，留一個分隊當作種能，指導各級輔導長如何上課，而不是完全拿掉。一個具有悠久歷史又有傳統的單位就這樣煙消雲散了。

——

女青年隊的任務從早年的服務、照顧官兵，到後來作為政治教育的輔助教育，尤其在反毒及心輔的課程上，確實是比輔導長的宣導有成效得多。透過團康、有獎徵答等方式上課，也較能引起官兵興趣，尤其是女性教官授課，絕對比男性輔導長上課吸引千百倍。

只是長官不知如何考量，執意要整個裁撤，實在令人氣餒。想到幾年前，人們討論女性是否也要服兵役的事情，再看看現在許多退役的女青姊姊們，在社會上依然活耀服務，表示文武合一的教育很成功，讓他們回歸社會，也許是一件不錯的安排。

新聞官的漢光實兵演練

漢光演習是國軍一年一度的盛事，是國軍最大的防衛作戰演習。

我在基層部隊的時候，因為單位的關係，反而都沒有參加過，直到進了司令部當參謀後才有機會參與。雖說是年度演習，但每一次執行的任務不盡相同。第一次在總部當參謀時是擔任心戰官，要寫心戰計畫、去部隊看演練的成效，及督導各部隊心戰整備的情形。第二次回司令部接任新聞官，除了演練新聞類的課目外，最重要是依國防部開放採訪演習場次，帶記者去基地採訪。這是兩種截然不同的角色，也是相當有意思的事。

我在司令部當心戰官的時候，每次漢光演習都以督導官的身分去參演。每年政戰課目項下一定有心戰相關的演練（反敵心戰、心戰喊話、心戰傳單裝填等），全司令部也只有一個心戰官，所以每次都是我去看。有一年在新竹實施反空降作戰（聯雲操演），想定的最後是藍軍全殲紅軍，最後階段當然是藍軍心戰喊話。預演時我要去督導，那次是聯合編組去的，因為開放記者參觀，所以當時的公共事務組張組長帶著新聞官隨隊。到了新竹才知道，心戰喊話由作戰區編配的心戰分隊實施，所以沒我的事，隨即跟著新聞官學長走走看看，結果好玩的事情就發生了。

新聞官去基地當然是要找基地的攝影點：讓記者能有好的拍攝角度，又不干擾演習。看了半天，覺得在飛行管理室樓上還不錯。原本事情就這麼定了，結果作戰區政戰主任也來督導。張組長以地主身分向作戰區主任簡報，說記者攝影點設在飛管室的頂樓。作戰區政戰主任認為飛管一樓有開設貴賓室，怕記者驚擾到高級長官，不是很贊同。張組長只好據理力爭，說明記者從後門出入且直接上樓，不會干擾到長官，而且位置最佳。但那位陸軍將官不但不接受，還很囂張的說：「這是我的作戰區，我有權力改位置。」我當時心想，真是帝王思想，官大學問大，到別人家來作客還跩得要命。我那時才體悟到，同樣兵科、不同軍種，作風果然大不同。毫無意外，最後當然換了位置，記者怨聲載道，當天陣風實在太大，空降效果也不太好，以後就很少在新竹辦這類操演了。

——

當上了新聞官，漢光演習自然是年年全程參與。每次長達五天的實兵、實彈演習中，國防部總要開放若干場次讓記者採訪、拍攝畫面，宣揚國軍這一年來的訓練成果，這無可厚非。但空軍有其限制性，例如戰機的防攔作戰、對地炸射或射飛彈等理所當然的課目，卻很難讓記者採訪、拍攝到畫面。軍聞社在戰機上裝設了「運動攝影機」才算解決了問題，以統一供稿的方式，滿足了各家的需求。然而，三軍都要在演習期間安排一場大型活動，所以我們最常開放的還是空降及反空降作戰。

空降及反空降作戰雖然看的是空降部隊與打擊部隊在地面的決戰，但真正的靈魂單位是我們的空運機部隊。要知道空運作戰是非常細膩而謹慎的，因為是大兵力規模的行動，除了保持機隊航向、高度、隊形之外，還要準確地進入演習場地空投人員及裝備，是絲毫不可有差錯的。我第一年當新聞官時就在清泉崗實施空降及反空降作戰。清泉崗幅員廣大，我們還是要找記者拍攝的位置，後來決定在消防班的樓上。預檢的時候都沒問題，作戰區也沒意見，不像之前的作戰區意見很多。到了前一天我們進駐時傻眼，在消防班前面的空地上，陸軍的通訊群架了一根三層樓高的天線，剛好擋到記者們的視線，真是哭笑不得。

唐組長只好發揮黏功，去「盧」清泉崗的參謀長，請他設法開放高勤官室的頂樓加開一個攝影點，最後勉強同意了。到第二天清晨要演練時，國防部新聞處帶著記者來，最後記者們看到第一個攝影點罵聲連連。我們趕快提出腹案，帶他們到高勤官室樓上，大家才能專心採訪。那一次操演可以說非常成功，作戰區負責記者接待的公共事務組組長是我同學，另外擔任打擊部隊的二三四旅旅政戰主任也是我同學。同學們在演習場合見面，也是十分有趣。後來記者專訪參演官兵、發稿、吃點心、吃午餐及送禮品，一切行禮如儀，我們才鬆了一口氣，心想接待記者比打仗還累。

隔年漢光，「聯雲演習」到了屏東的昌隆農場，觀禮及採訪的位置設在佳冬靶勤隊。靶勤隊只是一個連級單位，根本沒有能量來做這些接待的工作，所以都由屏東基地接手。屏東基地不但要負責接待，還是擔綱主要參演部隊，主計畫官忙裡忙外的。那一次，我記得連國防大學都編組教官團來參訪，場面非常熱鬧。不過那一次記者來的不多，因為昌隆農場太大，我們的攝影點較為侷促，記者們神通廣大，都各自找到他們認為最好的私房景點去拍了。看人來得不多，我們也樂得輕鬆，就可以好好看操演。先是戰鬥機炸射，再看到C－130機群緩緩飛來，沒多久一個個傘兵跳出。很快地，天空布滿了傘兵，真是壯觀，心想我們投得還不算多就這麼好看了，當年「市場花園」空降時是這個場面的幾百倍，心中真是感動無比，有自己的軍隊真好。

當天天氣很熱，擔任藍軍的三三三旅的官兵在農場趴了一整個上午。最後收操時，都顯得疲憊不堪。他們大概從凌晨三、四點開始就位。空降部隊果然是國軍精銳，女兵們也是剽悍無比，全副武裝在野外摸、趴、滾、打，是記者採訪的重點。當我問她們，「操演結束後應該可以回營區休息了吧，」他們說：「才沒有呢，明天原班人馬還要參加另一個操演，」去擔任總預備隊，作為反攻軍使用。

我想今天擔任紅軍攻擊軍，明天又擔任藍軍的預備隊，角色一直變換，果然是非常辛苦。不久他們被叫上中型戰術輪車（簡稱中戰），向下一個演習地區前進。當下覺得，常罵國軍是「米蟲」、「草莓兵」的人，應該都來看一看實兵演習。這些參演的年輕官兵為國家安全的付出，尤其是這種複雜的軍兵種聯合作戰，從計畫到執行，又豈是外人所能夠理解的呢？

想到新聞官職涯五年歷程，是年年參加漢光演習。有一年在昌隆農場聯雲的前一天，我們幾個新聞官、唐組長下榻在屏東市，晚上我們跟于親文副主任一起去屏東夜市吃牛肉火鍋、喝啤酒。

席間問到隨行的學弟怎麼還沒交女友，長官很熱心地幫忙介紹，結果夫人將女生照片傳來，他自己看了都不好意思——條件與自己要求相去甚遠，也是趣事一則。如今于副主任已經殉職，當年的學弟還是沒有女朋友，不過已經升上校了。有合適者可以私訊我，這篇文也算紀念大嗓門、喜歡喝兩杯的故于親文中將，表達我們曾為長官部屬間的一段情誼。

戰備道起降鏡頭外的故事

當初蔣經國總統在做十大建設時，中山高速公路除了交通用途之外，還兼顧軍事需求，參考德國等先進國家，保留了部分路段作為戰備跑道，在機場遭到攻擊之後，作為在空機緊急降落、整補的替代方案。雖然很多人質疑其功能，但我倒認為這是一種實力的展現，全世界沒幾個國家的空軍能做到，畢竟要耗費相當大的人力物力，以及高超的飛行技術才能在這種備用跑道上進行起降作業。說沒用，對岸也偷偷在做啊！難道他們會比我們需要更多的備降場？

漢光三十五號演習開始規劃時，就傳出這次要做戰備道起降操演。沒多久記者紛紛來求證。唐組長間接承認有這麼一回事，我趕緊請負責漢光的學弟調老案來看。距上次已經五年沒辦這個科目了，全組上下都沒經手，甚至沒看過演練。當年決定在花壇戰備道演練，由第三聯隊執行。一時之間，成為該年漢光演習的最大亮點。

這其中還發生了一個小插曲。媒體獲得證實後，紛紛報導此次演練的科目都用老稱呼「花壇戰備道起降」，不料引起秀水鄉鄉民代表會的抗議，說「起降的路段明明在秀水，怎麼老是說花壇」，鄉親很洩氣云云。當時我建議直接用戰備道起降就好，不要提地名。後來長官也覺不妥，乾脆擴大範圍改成「彰化戰備道起降」，誰都不得罪。有時長官的思維還是有值得我們學習的地方。

接著開始整備了。主導的當然是國防部新聞處，他們負責邀訪、訂餐廳和飯店、安排交通住宿等，我們則是安排現場的攝影點選擇、攝影高台搭建，並責由第三聯隊實施敦親睦鄰及記者到訪的行政事宜。當時三聯隊的政綜科長是個老手了，底下又有幾個精幹的參謀，在組織各項任務上並未給司令部帶來什麼困擾。只是第一次預校時，承辦的學弟回來後哀哀叫：現場四周都是農田，連日陰雨，搭高台的地方泥濘不堪，恐有下陷或歪斜的危險。高台高約六公尺，若是有人掉下去還得了。高台位置又不能移動，移了又不好拍照，只好請三聯隊監工時一定要地基打穩，還要祈禱不要再下雨，讓記者能平安上下高台。

國防部也是全力以赴，我們一次次去國防部參加推演——讓每一個不論是國防部還是司令部的新聞官，知道什麼時候、地點，自己的任務是什麼，不要有人沒事，也不要有人忙得團團轉。這次來的記者非常多，光電子媒體就有十五家，其他的報社、雜誌社、外國媒體更不用講了。我們也開始規劃如何維持現場的秩序。高台危險又沒有護欄，若攝影記者發生推擠、卡位，可能連人帶器材「重落地」。另外攝影台與總統的觀禮台距離很遠，總統觀禮台的視角由軍聞社統一供帶才解決了其他媒體多角度畫面的需求。

第二次預校時，我們循例帶了二位記者一起去會勘場地，高台已經搭起，看了老半天還是以記者安全為最高考量。唐組長說，既然有十五家電子媒體，把高台分成十五等分、編號，當天抽籤，抽到幾號就是你的位置，也別搶了，免得危險。隨行的記者大哥都覺得是好方法，其中邱榮吉會長更是自告奮勇，要在現場維持秩序。邱哥德高望重，在他的管制下，比新聞官拿大聲公喊到失聲都管用。

另外唐組長又提出了空拍的想法，我們幾個新聞官面面相覷，要怎麼搞？唐組長打聽出當天有一架黑鷹直昇機會在現場空拍。原本只有軍媒上去，當機立斷跟長官報告後，允許一位媒體的攝影記者登機，當天隨行的徐宇威先生自告奮勇，隨即成為戰備道起降唯一一個在空中攝影的記者，也算空前了。唐組長常有大膽而創意的想法，而且說做就做，在他身上確實學到不少。

到了操演前一天，我們的記者採訪手冊、行政手冊都已經奉核定案，下午帶著記者浩浩蕩蕩出發，看到許多好久不見的老朋友，各家都精銳盡出。抵達台中之後直奔福華飯店，參謀們像似導遊般，一一分配房間，並告知幾點開說明會、幾點用晚餐。等記者安頓好，稍事休息，就準備要開記者說明會，由第三聯隊的政戰主任主持。說明了隔天出發時間及注意事項，再三強調攝影位置由抽籤決定，到了現場不要搶等等。由於隔日早上〇四三〇時就要出發，記者早早去休息，養精蓄銳，明天將是辛苦的一天。

戰備道演練對負責的基地來說相當辛苦。實兵預演由於無法在預定的高速公路執

行，只能在基地演驗。所有架設好的助導航設施、跑道燈及攔截網在演練完後，為讓基地恢復正常運作，這些設施都要全部拆掉。基地官兵每天重來，無日無夜的整備，是精神及體力的考驗，更重要的是要耐得住性子。各級長官來督導，會有各式各樣的指導，改來改去，這才是最痛苦的地方。另外，飛行員要面對的是較機場跑道窄又短的戰備道如何精準的落地。無論在模擬機上練習了多少次，為的就是要在演習時成功落地，向全世界證明空軍的一流戰力。

清晨，領了早餐後記者們魚貫上車。到現場，天已微微透亮，四周都是農田及荒地，空氣中散發著幽幽的養豬味，非常鄉村風。現場早已聚集了大批民眾，甚至有人徹夜留守、烤肉，就為了一睹戰機起降的風采。看到現場真是令人感動，各項設施已經完成，各項助導航設施、航管的ＡＣＴ早已備便，清掃車一遍遍的來回穿梭跑道。天上的黑鷹直昇機不斷盤旋，跑道周遭架設了防空飛彈與三五快砲，模擬保護跑道安全。

記者們抽籤完直接到指定位置拍攝，秩序出奇的好，只是覺得奇怪，空拍的直昇機怎麼不靠近一點，飛那麼遠是拍什麼東西啊。後來才知道，ＡＣＴ的指揮官為了保持空域淨空，不准直昇機靠近，也算是這次的趣事一則。

操演時間已到，三軍統帥蒞臨。首先陸航無人機登場，做戰場偵蒐，繼而重頭戲上演：F－16V、IDF、幻象 2000 戰機及E－2K 預警機依序降落成功。陸航直昇機實施警戒，運輸直昇機補給航材，緊接著立即加油掛彈。任務結束之後，機隊又一一重新起飛，再度投入戰場，圓滿完成。

等記者拍得差不多，現場連線也做完，我們再帶記者們回三聯隊用餐、發稿，並請參演的三位隊長接受記者專訪，這才發現F－16V 的隊長是我同學，想到我和林同學在少尉時代，一起在寢室喝酒、吹牛。多年不見已成為成熟穩重的隊長了，而且親自帶飛完成此次重要的任務，真是與有榮焉。

這一場也是我最一次看到維浩，維浩是《軍事連線》的總編輯，我特別愛看他每期的卷首語。在他的筆下不只是談軍事，更有他對時事的看法與對社會的關心。他是我研究所的學長，我們一直保持著亦師亦友的關係，這次採訪完沒多久他就因病辭世了，是軍事記者圈的損失。謹以此文紀念他對於我的指導與啟發，並祝願他在另一個世界，繼續做他喜歡做的事。

防空快砲夜間射擊

我在防砲當輔導長的時候下基地，辛苦訓練了三個月。最後要對空實彈射擊時，因為漁民的阻擾，直接把漁船開進靶區，不讓我們射擊。當時還沒有海巡署可以協助驅離，搞了一天一彈未發就草草收場。沒有親眼看到打靶機跟夜間射擊很不甘心，但也無可奈何，只好帶著遺憾北返。

直到多年後，我對這件事依然耿耿於懷。直到當上了新聞官，有記者跟我說除了飛行部隊，還有什麼主題可以拍攝。我說，還可以拍後勤指揮部修飛機、航行管制的塔台、進場台值勤……，他們都興致缺缺，事情也不了了之。有一天跟唐組長閒聊談到此事，我提了一下說：「不然帶記者去看防砲射擊好了！」組長冷靜地說，「要看沒問題，食宿比較麻煩。」

看夜間射擊一定要過夜，枋山靶場位處偏遠，離市區有一段距離，找個像樣的餐廳都不容易。之後，組長叫我著手研究。我打電話跟防訓中心的政戰處長討論後，他說住可以安排他們的招待所。據我所知，防訓中心有一個很大的眷探招待所，吃飯的話附近有一家海鮮餐廳可以用餐。這樣一來問題似乎解決了大半，趕緊跟組長報告，組長不太放心，叫我親自去現場確認。

千里迢迢到屏東加祿堂防訓中心，劉指揮官剛好是同學，他自然大力允諾協助。看了招待所的狀況並不是很好，拍了幾張照片傳回去給組長，都沒有回應，表示不是很滿意。到了餐廳更是糟糕，白天是宮廟，晚上搭棚子變熱炒店，環境不佳，我連照片都不敢拍。若果只拍防砲射擊，恐怕太單調，隔天要再安排參觀舊東港營區的行程才行。東港營區是當初部隊搬離東港之後，將原來本部連的營舍保留，改做空軍幼校的紀念館。我決定要安排這個行程，隨即請處長帶我去老東港營區瞧瞧。

到了老東港營區，人事已非，已經認不得了。在此之前，營區曾改成賽車場跟度假村，不過仔細看還是有舊時味道。我當初住的營舍還在，只是成了危樓；原本的大餐廳拉皮成為宴會廳，幾棟狀況較好的營舍改為住宿區，砲場成了賽車跑道，休憩區種滿了熱帶植栽，相當有南國風味。參觀完紀念館，發現飯店設施、環境又新又好，就是沒有客人，心想說不定有機會。

詢問陪同的管理人員，「帶記者團來住宿的話，費用可以怎麼算？」話畢，他趕緊通報業務部門。沒多久走到了西餐廳，一看這不是以前的中正堂嗎？被業者改得很有美式風情。我跟住房部經理商量，住宿每人一千六，一次就要十幾間，還要辦三到五桌宴席。

經理是位美麗的小姐，她想了半天，認為跟原本房價有差距。或許我們是平日住宿，也可能生意沒有想像中的好，他回說飯店最近有住房優惠活動，我開的價錢他們勉強可以同意，就用專案價錢給我。我心想：「Bingo!」趕快跟組長回報，住宿、晚餐跟早餐都沒問題了。回辦公室之後開始規劃，先辦一團小的，只邀請平面的資深記者跟軍媒，電子媒體先不請，看看效果如何。獲得長官同意之後，再請當時的政戰副主任于少將帶隊。由於人數不多，派了一架 B-1900 專機前往，表示禮遇。下午飛抵屏東基地坐上車，但沒進防訓中心，直接到枋山靶場。稍事休息後，指揮官親自簡報，再請記者們到射擊場近距離實拍三五快砲。當時已經接近傍晚，夕陽西下天氣很好，心想今晚拍起來一定很漂亮。

當下時間尚早，晚上七點才要開始，請記者們先回休息室稍作休息。防訓中心歸教準部管，射擊的又是防空部，這兩個單位的長官跟新聞官都來陪同，再加上我們司令部的人——尤其我們這幾個新聞官見面，吵吵鬧鬧、言不及義，熱鬧的不得了。到了射擊前，我們請記者們戴上鋼盔、穿上防彈衣上場。

以往我們小砲打靶是由靶勤隊操作遙控靶機，快砲則由漢翔公司派拖靶機供防砲部隊射擊。沒多久目標飛來，長長的纜繩後面拖著一架發亮的靶機。說時遲那時快，三五快砲系統的天兵雷達迅速鎖定目標，砲彈夾雜著曳光彈射出，沒多久靶機如落葉般飄盪掉下，擊落了！太好看了，沒多久又來一航次，還是乾淨俐落地擊落了靶機。負責射擊的該連這次的基訓成績應該不錯吧，也了卻我多年來的心願。

時間已經晚上八點多，匆忙告別了防訓中心，搭車趕到大鵬灣。由於早已過了用餐時間，宴席已經在等著我們，席間免不了乾杯、乾杯。當晚用完餐之後，于副主任非常高興，他在東港營區當過醫務所的輔導長，所以對營區非常熟悉，帶著記者跟飯店借來的腳踏車夜遊，大家都很盡興。吃好喝好又拍到好照片，皆大歡喜。

隔天用完飯店精緻的早餐後，退了房，高高興興回台北。防空部指揮官劉少將還說當年不用錢住還不願意來，現在來住還要花大錢，大家莞爾一笑；這次活動能夠成功，非常感激防訓中心指揮官劉同學的力挺，從頭陪到尾，吃飯時還提供禮品跟好酒，使採訪活動生色不少，還有政戰處全力的支援，包辦了全部的行政事項，處長調度有方，很是感激。

第一次「踩線團」成功，果然沒多久新聞台的軍事記者協會就來函了，希望比照辦理，再安排採訪行程。跟組長回報，因為人數眾多，住宿請媒體自付，交通我們可以安排。跟程彥豪會長討論之後，他們同意住宿自付，這樣就好辦了。

趕緊問了打靶的流路，這一梯次趕不上。這樣反而有時間趕得上送案子，順便派一架C－130運輸機。這時于副主任已經高升政戰局副局長了，就請接任張副主任帶隊。

張副主任也很有興趣，後來一行人浩浩蕩蕩出發了，果然一切行禮如儀，防訓中心也駕輕就熟。這次實彈射擊時我沒到砲掩體旁邊，反而跑去統裁部俯看全場。太靠近砲掩體耳朵實在受不了。

這一趟大家也是非常盡興，因為飯店環境很好，以後張副主任只要去屏東督導都會住在這裡，體驗度假的感覺。

平心而論這兩梯次活動辦得確實不錯，也讓防空部揚眉吐氣了一番。每航次都漂亮的擊落靶機，沒有漏氣，相當精彩，也表示平日訓練的落實及裝備的精良，可是後來就沒繼續辦了。再沒多久大鵬灣的度假飯店也歇業了，少了這個重要的據點實在可惜。它有很好的天然環境與相當不錯的設施，只是敵不過大環境，落得關門的下場。當年的于副主任也已經過世、張副主任退伍，唐組長高升，了解這個案子的人均不在位了，以後還會不會有這種好玩又好拍的行程？就看後續者有沒有辦法延續了。

支援影視拍攝

早年國防部時常支援電視、電影的拍攝，例如電影《英烈千秋》、《筧橋英烈傳》這類激勵人心、砥礪愛國意識的電影，國防部總是大力支援，出錢出力。另外電視劇如《少年十五、二十時》、《長官好》的播出，更造成那幾年中正預校招生狀況出奇的好，都說明了影視傳播的魅力，比說教式的「莒光園地」受歡迎得多。但近年來長官對於支援拍攝，通常以「專心戰訓本務」為由而回絕，當然還因多數軍教片商業化風氣下，往往拍得低俗不堪，或是不合常理。加上好萊塢的軍事大片進口，往往有大場面、精彩特效及感人劇情，觀眾水準變高了，國產軍事片更難存活，支援拍攝的機會就少了。

近年來，空軍支援了李崗導演的電影《想飛》，曹瑞原導演的電視劇《一把青》，口碑都不錯。《想飛》前半段還蠻清新，後半段變得比較沉重。《一把青》劇情跟原著差很多，服裝造型有考究。

除此之外，就是「國家地理」頻道姚執善導演的紀錄片《傲氣飛鷹》了。這部長達六小時的紀錄片堪稱經典，拍攝時間長達一年多，讓人看到了國際級製作公司在經費方面如何地不計成本。在舊空軍司令部中正堂辦的首映會，獲得了一致好評，收視率也屢創新高。我到組上時，《傲氣飛鷹》已拍攝完成，但每集播出前國防部都要先檢視過。唐組長每次都叫我代表空軍審片，所以每次我都可以先睹為快，也是趣事一樁。

當新聞官期間，參加了一部半電影的拍攝。為什麼是一部半呢？因為有一部還沒開拍就夭折了。

我剛到部的時候，楊佈新導演正在拍《黑貓中隊—疾風魅影》的半紀錄片式的電影。楊導早年是拍音樂ＭＴＶ起家，非常多產。他在無意間看了一本介紹空軍黑貓中隊的書籍之後，引起了他對該中隊故事的興趣。雖然缺乏資金，但他決心為這一群老英雄們留下紀錄，讓後人知道中華民國空軍飛官的英勇事蹟。

當初我國空軍與美國中情局合作「快刀計畫」，由美方提供U－2「蛟龍夫人」高空偵察機，我方派出飛行員駕駛該型機進入中國大陸實施高空偵照及電子偵測。黑貓中隊總計二十八員完訓，十員殉職，二員被俘。飛行員多次冒死犯難實施偵照，獲得中共核子試爆成功之重要情報。整個任務期間共計損失十六架U－2高空偵察機，實在非常慘烈。功成身退的老飛行員正迅速凋零中，楊導心急如焚，除了加速訪談與攝錄還在世的老飛行員外，還尋求空軍司令部的支援。

起初楊導商情我們支援的項目，包括協調桃園基地過去三十五中隊隊址、棚廠開放攝影，其他還有高空飛行員獨特的個裝如壓力衣、頭盔等。這些項目我們原以為不難，結果光是老桃園基地就搞不定。首先，進入舊基地拍攝要先獲得許可，第一關是要桃園市文化局發函同意攝製，然後基地拍攝要獲得政戰局同意，而土地屬軍備局──情況相當複雜，空軍要負責協調團隊與各機關。

協調公文一直在這三個單位之間打轉，始終得不到明確的答覆。拖了很久，楊導最後找了有力人士關說才開放讓劇組拍攝。再來是飛行員的個裝，由於年代久遠，早就沒有了。全軍僅存的一套在軍史館裡，已經是文物了，自然不能出借。後來知道十二隊隊史館裡還有一組，但也在隊史館，只能去現場看、拍照後仿製才勉強過關。

後來楊導又提出一些需求，例如要拍跑道頭的畫面，我們安排到新竹基地取景；後要飛機在座艙內對外看著爬升的畫面，我們在戰鬥機上裝攝影機，將爬升的畫面拍攝下來提供給劇組；另外還要舊式雷達掃描光點的畫面，這我們就無能為力了。反正，林林總總，就這樣跌跌撞撞、坑坑巴巴把電影支援完成。後來辦首映會，司令也應邀參加，為表達支持空軍還辦了包場活動，讓官兵、眷屬免費觀賞。電影口碑相當不錯，尤其是以張立義、葉常棣教官為主軸的故事，令人動容，主題曲也相當扣人心弦，確實如同楊導當初跟我說的，「這是一部與眾不同的電影」。

另外就是支援齊柏林導演。齊導是以空中攝影見長，他的紀錄片《發現台灣》讓人見到台灣的美麗與哀愁。後來救護隊請他拍一支隊慶的影片《慈航天使》，裡面很多空拍的鏡頭，都是齊導親自搭乘救護隊直昇機拍攝的。他見識到軍機的大馬力與穩定性，比他平日租借的小直昇機不知道穩定多少倍。

我們與齊導是在嘉義基地辦理「UH-1H直昇機除役典禮」時認識的。齊導全程搭乘另一架海鷗直升機跟拍，為UH－1H直昇機的最後一次飛行留下了歷史紀錄。直昇機落地後，我們看到一個高大的民人走下機艙而嚇了一跳，原來是知名的齊導本人，就此開啟了雙方的合作契機。

過了幾個月，齊導透過電影公司送了一份劇情大綱跟合作意向書來。他計畫要拍攝一部以救護隊為主題的電影，是他跟張柏瑞導演合作的計畫，需要空軍的支援。我跟唐組長看完內容，覺得還不錯。唐組長要我負責這個案子，接下來就要談支援的項目了。大致上案子相對簡單，隨即簽報長官同意，一路上到大鵬部長。部長不但同意，還在公文上批示予以祝福，非常大器。接下來準備簽合作意向書，簽署之前電影公司高層跟齊導、張導都到司令部拜會政戰主任鄭中將，並約定下一次簽合作書的時間。前面都非常順利，政戰副主任于親文將軍還召集各業管處、室開了一次支援協調會，希望能在上半年拍完，趕在八月前首映，作為八一四空戰勝利八十週年系列活動之一。

拍電影是燒錢的行業。可惜的是，資金募集不順及輔導金一直未到位，電影遲遲無法開拍，要趕在「空軍節」之前完成顯然無望。但是我們還是耐心等待，因為這確實是一件有趣的案子，就連如何辦首映會我都有了腹案，內心很是期待，很想到現場

「看看」怎麼拍電影。

然而，六月天的那個星期六，噩耗傳來。齊導搭乘的空拍飛機在花蓮失事、不幸去世，他的高價空拍攝影機也焚毀，令人震撼。當天下午我趕回辦公室做緊急處理，主要是齊導與空軍深厚的情誼，媒體好奇空軍面對此事的態度為何？除了表示哀悼，空軍思考有無辦法將齊導的遺體空運返回台北，以示尊崇。經過層層請示，司令沈上將不但同意，還下令屏東基地立即檢整飛機與改裝後待命。在唐組長奔波努力下，星期一上午，兩架運輸機從花蓮載運機組人員、導演及助理的遺體緩緩降落在松山機場，吸引了大批媒體到場採訪。之後的追思會、音樂會及喪禮等就不多說了。

至此，這部片子無限期的停擺了。最後，最支持本案的于將軍也因公殉職，令人唏噓。

齊導個性非常忠厚、樸實，有時我們跟電影公司有些激烈的「討論」，反而都是他出來當和事佬。他的英年早逝，令人無法接受，也反映出人世間的無常。到最後，電影公司也收掉了，我的「電影夢」因此畫上了休止符。

每每公餘之暇，還是會忍不住打開本案的專夾看一看。到退伍前，我將此夾移交給學弟，叮囑他若本案有機會翻身，這是唯一的依據。本篇兩位導演都是非常有理想，願意為國軍拍攝、做紀錄的好導演，但畢竟不是商業電影，往往都卡在資金這一關，即使面對這些困難，我們也愛莫能助。

雖然只是一部半電影，但也豐富了我擔任新聞官的歷練，值得細細回味。

最怕聽到「臨時記者會」

國防部按慣例每週二上午十點，都會召開例行記者會，主要是邀請各聯參說明當前國防最新政策，通常都是行禮如儀，除非是有重大事件如漢光演習、營區開放等相關資訊，軍事記者才會有比較詳實的報導。

若遇上引發社會矚目的事件，例如演訓意外、重大軍紀事件等，就會召開臨時記者會，通常都是由國防部主持。國防部搬遷新址後，有專門規畫的記者會場地與設施，策辦起來自然非常方便。

早年在發言人室的年代，國防部例行記者會通常都是發言人一人打全場，最令人深刻就是孔少將，他總是不卑不亢地向媒體報告。那時議題的量不算少，但他總能準備得很充分，一一回答記者的問題。後來換了劉少將，他比較會運用組織，與哪個單位有關的議題，他會請業管的聯參次長或處長到場報告，發言人本身扮演串場與指導報告人如何報告的角色，也可以將事情說清楚，後來者「蕭規曹隨」，遂循此方式實施至今。

但是這樣做不是沒有風險，畢竟不是每個人都善於應對媒體，很多人當了將軍都還不見得可以應付自如。最誇張的，莫過於「洪仲丘案」時的那位軍法處長，每次發言都引起許多無端爭議，講到最後連軍法都被廢掉了。

通常司令部級有什麼議題時，都是透過書面或由軍種發言人統一答覆。有時題目不大或不是很重要時，會授權給單位的政戰主任回覆。空軍新司令部落成時，規劃了一處不輸國防部的記者會會場，位置算是在營區範圍之外，可以自由進出，不用受到管制，還有停車場。但啟用多年，空軍單獨開記者會的機會不多，記者室長期閒置，結果被後勤處「借」走作為開標室，從此「劉備借荊州」再也要不回來了。等到真要開記者會時，反而落得沒有場地可用的窘境。

沒多久現世報來了。有一年空軍飛彈部隊在九鵬基地實施「鷹式」飛彈的實彈射擊。就在尾聲的時候，有二顆「鷹式」飛彈應是藥柱老舊，造成燃燒不完全，射出去沒多久即爆炸。所幸沒有人員傷亡或財物損失，但實在太明顯，早被民眾當場拍下。

當時將近中午，我們吃完午飯，唐組長利用午休臨時外出辦事，突然政戰主任打電話到辦公室，說：「國防部要我們召開臨時記者會，」我一聽，「唉唷！組長不在該怎麼辦？」

沒辦法，現場就我最資深，只好硬著頭皮幹；先通知組長，他一時三刻也趕不回來。

鄭主任下來了，說：「有規劃了嗎？」

我趕快回答：「場地預定在第二會議室，」那是可以容納兩百人的大教室。說畢，馬上用簡訊通知媒體下午三點開記者會；通知庶務組安排記者停車、SNG車的位置，以及開放北安門出入；規劃由管戰訓的副司令主持，督察長、戰訓處長、後勤處長、保指部指揮官以及防空組組長參加記者會，政戰主任、副主任都列席。

鄭主任點點頭，同意我的規劃後，隨即向司令報告；我開始編組參謀處理細節。首先就是借第二會議室、開空調、燈光，在電子看板打上「空軍司令部記者會」，準備簽到冊、茶水，再來是跟防空組索取當天的背景資料。

長官要我們預擬記者的提問，這就難倒我了。我又沒飛彈專業，也不知道他們的想法，乾脆一不作二不休——直接問記者：「〇〇兄，等會你要問什麼啊？」——解決了我所有的問題。

黑鷹直昇機失事案臨時在國防部開失事說明會時，當時的政戰主任打頭陣上台去開場，最後被記者的問題問倒了，在台上支支吾吾答不出來。從此之後他不太願意參加記者會，都請督察長或參謀長上陣代打。負責為軍種發言不見得是那麼好做，一定要充足做好功課再上台。國防部一直都會辦高階人員的新聞工作講習，就是希望長官面對媒體時，都能夠從容不迫，展現大將之風，而不是電話不接，人也不見，那就麻煩了。

有問題在手，直接請各單位提供資料，經過一番繕打，資料總算完成——全組已經人仰馬翻了。再不久記者陸續要來了，這時國防部新聞處長也帶參謀來，看了看現場後，轉去跟部裡的長官研討案情。就在這時候，組長終於回來了，真是可喜可賀。這等大事，難得發生，又有畫面在手，自然吸引了許多記者到訪，司令部一時之間非常熱鬧。

等各家媒體準備得差不多，攝影機架好，線都拉好，列席的長官依序就位，不久張哲平副司令開始主持，各業管一一作答——只是有個小插曲。輪到防空組組長回答時，不知道是太緊張還是怎麼了，講得坑坑巴巴，結果他的老闆戰訓處長直接把他叫下台，親自上陣回答。我們當時想：「慘了，」這位組長回去一定會被修理，希望他沒事。當天總共打了三十發飛彈，僅兩發有問題，命中率達百分之九十三。此次事件的新聞只有一天的「壽命」，在我們還算明快的處置下，迅速了結此案。

———

過了幾個月，新竹基地一架幻象2000戰機，在夜航的時候人機失蹤。消息傳來時，辦公室各人正準備要下班回家，大家紛紛回到座位準備應戰。果然沒多久，市內電話、公發手機全部滿線，都是來問資料，忙得不可開交。

這次整整搞了一夜，大家筋疲力盡，隔天上午又接到要開記者會說明失事跟搜救情況。新聞官們已經一夜沒睡，又忙著記者會的事，還好有上次的經驗，很快完成了所有的準備。背景資料、圖表，由督察長室提供；又是一個中午沒睡，大家累得半死。這次還是張副司令主持，例行性報告由督察長報告完之後，記者依序提問。

第一個女記者劈頭就問：「這是否為駕機叛逃大陸？」搞得所有人大傻眼。台下的記者哎聲連連，副司令義正詞嚴地否認。隔天在立法院還有委員依此質詢部長，氣得馮部長大罵：「他媽的！」飛行員出身的馮部長，怎麼會不知道這種問題是對飛行員最大的羞辱，直接指示國防部，將該媒體列為不受歡迎之單位，不准進行採訪，總算為空軍出了一口鳥氣。

也不是臨時記者會就一定是壞事。有一次國防部開臨時記者會，就顯得喜氣洋洋，大家都以為要正式宣布美國出售新的F－16戰機給我們了。最後副部長雖然沒有明講，但意思也到了。然而新機採購的新聞攻防，又是另一個故事。

熱鬧的二代機成軍紀念

民國八十年，在努力了多年之後，中華民國突破軍購的困境，首先採購到了六十架法國製造的幻象 2000 戰機，這在當時算是最先進的戰機之一。接著美國老布希總統受到自己國內的壓力，同意出售一五〇架台灣引頸期盼多年的F－16A／B戰機，再加上漢翔自製的 IDF 戰機，一時之間中華民國空軍戰力有了跨越式的成長。

飛機不是同意出售就可以立即到手的產品，還需要製造的時間。到了八十六年，幻象2000與F－16分別以海運及跨越太平洋飛行的方式陸續返國，一時之間舉國同慶。除了增加安全信心之外，更因為幾項的採購戰機案突破了「臺灣關係法」的軍售質與量限制，對以後的武器採購更為順利。

隨著各型戰機陸續返國，編成點驗、成軍、完成訓練、開始戰備，轉眼間已過了二十年，IDF戰機也已經成軍二十五年。巧合的是，這些紀念的年份都聚在同一年，當年第一個接裝的單位，無不用盡巧思規劃要如何辦理慶祝活動。嘉義基地是第一個接裝F－16的聯隊，自然備受矚目。選一個四月天的星期五，嘉義辦了一場規模較小但很溫馨的接機二十週年典禮。

辦週年紀念活動，司令部沒有做任何的指導，都是部隊自行提出需求，我們自然樂觀其成。這些案子主辦是文宣部門，我們新聞部門的職責就是擴大活動的效益，每次活動的記者邀請，都是我們要負責的任務。在更早之前，動作快的一些記者或電視台已經製作了專題報導，新聞官也相應會提供相關協助。

活動當天一早，我帶著學弟搭第一班高鐵去嘉義。嘉義基地辦得很低調，主要是邀請當年接機的教官和曾經駐該基地嘉義的老師。媒體的部分採報名制，所以到訪的媒體不多，活動辦得溫馨而簡單。除了播放紀念短片之外，還見到了當年第一位飛F－16回國的郝光明老師。他接受《聯合影音》專訪時，說出當初美方並沒有規劃第一批由我們的飛行員飛返的安排，反而是空軍極力爭取後得到的結果。

從美國出發後，途經夏威夷、關島總共執行空中加油十九次才到得了嘉義。到了目標機場天候不佳（有霧霾）、跑道又短，跟在美國位於沙漠地帶的基地每天豔陽高照、跑道筆直又長的狀況不能相比。美籍教官當下顯得有點猶豫是否要在嘉義落地，但是這種天候與機場環境，對於我方飛行員來講只是小菜一碟，經過跟前座美軍教官溝通後，果然順利落地，開啟了空軍新的一頁。能親耳聽到郝教官親口描述以上秘辛，果真獲益匪淺。

之後還訪問了田再勵將軍。他說明了當初F-16到嘉義後，為了保密還把飛機藏到機堡裡，再用「華同車」擋住視線。直到第二天早上，基地官兵開始一天的勤務，驚訝發現怎麼突然多了兩架F-16。幾年後我們去台東基地參訪時，當地也用同樣的方法將「騰雲」無人機藏在機堡裡，但還是被眼尖的記者發現。

當天第21作戰隊還開放隊史館參觀，看到許多華美聯合的照片，顯見我國與美空軍的深厚情誼。可惜事涉機密，不能照相，也勸到訪的記者別拍，不要讓美方為難。壓軸還有林中校實施的單機性能展示，果然夠野。這場簡單而溫馨的活動就這樣結束了。

到了六月，輪到幻象 2000 接機二十週年慶典。新竹基地是唯一使用幻象戰機的基地，主辦的責任自然落在他們身上。新竹主張擴大來辦，不但請司令部普邀台北的媒體，基地本身還透過新竹市新聞處邀請新竹地方的媒體記者，市長也跑來湊熱鬧。當天到訪的記者破百，是我當新聞官以來接待最多記者的一次。

空軍被分配安排記者的禮品，錢是要到了，但是要買啥呢？直接打電話給新竹基地禮品部的張厚華學長看看有啥好選擇，他說有幻象2000的皮帽，我回他一句話：「買了，」一開始殺價，不但拿到很低的價錢，還送紙袋，真是夠意思。新竹基地還加贈紀念馬克杯及杯墊，這樣禮品夠豐富了。

當天唐組長去戰院上課，無法到場，我只好硬著頭皮帶著學弟上。新竹的準備工作相當用心，除了在棚廠設置典禮會場，還將展示的主角戰機規劃了機體彩繪，同時在會場四周做大型展板，用精美的圖文說明從F－104戰機到換裝幻象2000的艱辛歷程。

當中的回顧影片，講到赴法換訓教官的眷屬，在法國趕往除夕餐會的路上發生車禍的不幸事件，法方希望該員停訓，而教官在回國辦完喪事後，仍堅持繼續受訓，並如期、如質的完訓，令人動容。此舉讓法國人知道，中華民國空軍是那麼地有韌性和對於新戰機的渴望。

當天來了很多老長官與教官，看到了穿梭其中的葛光越大使。我中尉擔任總部勤務隊輔導長時，他是政戰部主任，再次看到老長官非常高興。更早之前他是新竹聯隊長，新竹的精神標語「迎接挑戰」就是他率先喊出來的；另外受人敬愛的沈一鳴司令，是當年第一批赴法種子教官的領隊，他親臨主持，也令人振奮。

就在典禮結束，沈司令要走到會場周邊參觀展板時，被一群記者團團圍住，甚至被記者「揪」到定位受訪，我們連攔都來不及，只好湊過去聽在問什麼。台北的記者跟沈司令都是老相熟了，互動是非常親切。受訪完畢後，接著就是由吳中校實施單機性能展示，只是天氣接近中午，即將下西北雨，天空幾乎全黑，唯有執行丙案——只有平行科目，但也是看得大呼過癮。就在大雷雨中，我們又完成了一次任務。

到了七月輪到國造的ＩＤＦ戰機舉辦接機二十五週年的日子。典禮在清泉崗基地舉行，當天是冠蓋雲集，唐前院長也來了。活動內容與前兩場相似，聯隊同樣安排有彩繪機展示。由於是國人自製的飛機，連漢翔、中科院的貴賓來了不少，反而記者來的不多。活動還遇到我同學——國防部藝工隊隊長梁家榮夫婦專程來觀禮，又看到莒光日製播小組，我的好兄弟王憲文上校也來拍攝專題。

當天台中的天氣是三場活動當中最好的，所以單機性能展示時，好看得不得了，完全將ＩＤＦ戰機的靈活性與極佳的性能，作了最好的詮釋。

終於，空軍在戰訓處、文宣組及各基地的共同努力下，完成了這一系列的三型二代主力戰機接裝的紀念儀式。這三場的協調聯繫，事前的準備工作就不贅述，重點是各家電視台都想製播專題報導，當天的新聞畫面反而少之又少。

這樣的安排需要在典禮之前完成拍攝，其中與部隊的聯繫、受訪人員的篩選、畫面的取得就非常重要。感激各部隊耐得住煩，全力支援、配合，使空軍留下了許多珍貴的畫面。但是耐人尋味的是，忙了大半年，司令部要議獎時，新聞官跟文宣部門居然沒有任何下文。雖然沒有獎勵，能夠恭逢其盛，也算是親身見證了歷史，只是心裡面為辛勞的學弟妹們感到稍微的不平。

睽違多年的新機成軍典禮

當我還在基層部隊當輔導長、新一代戰機不斷進來的年代，常常要辦各中隊的編成點驗，或是各聯隊的成軍典禮，每次都辦得熱熱鬧鬧。這種大型活動，總統定會親自參加，透過媒體的報導，使國人了解空軍裝備不斷的更新、戰力更為強大，對當下的民心士氣，確實有很大的提升作用。

當時我還不算是參與人員，但是因為在總部的關係，聽過一些好玩的事。例如基地在辦成軍典禮時，按慣例除了地面校閱與空中分列式外，會在棚廠辦理盛大茶會。會場裡除了豐盛的食物外，還要擺上兩架新戰機，通常要讓總統上機拍照留念，所以會場布置非常重要，總要張燈結綵，喜氣洋洋。某聯隊有一次辦理成軍時，可能為了展現空軍的特色，搭配象徵藍天白雲的軍徽代表色，將會場主色調布置成藍白色。副總司令預檢，看了之後大為光火，認為色調「太冷」，沒有喜氣。其實他沒說出口的實話，會場像極了大型靈堂，趕忙叫總部的文教處處長帶著美工兵，連夜到單位補救。基地各級幹部還因此被罵到臭頭。

還有一次也是成軍典禮。總統在校閱時，軍旗敬禮時，旗桿居然撇斷了，這可是不得了的大事。我看到之後，倒不覺得單位出糗或總統沒面子，反而替那位旗兵長官感到擔心。我曾經在軍校四年級時，擔任營級實習幹部，要負責訓練一位三年級的營旗兵學弟。校慶前二天預演時，營旗旗桿斷了，我們趕緊辦理祭旗。雖然事後平安的度過校慶閱兵分列式，但沒多久學弟卻生了一場大病，還被誤診，接著陸續歷經休學、降期，復學後還是無法負荷軍校的訓練，最後黯然因病退學了。所以我會擔心那位學長的情況，後來聽說還好，可能學長八字比較重吧。這種跟部隊精、氣、神有關的事物，真的不能隨便開玩笑。

等我當上了新聞官，新裝備反而不及過去那麼多，但是海軍與空軍奮鬥了快二十年的P－3C反潛機卻終於要全數交機了。記得我還是上尉的時候，政府推三項軍購被批得體無完膚——在野黨阻擋，國人也不太支持，一直說是凱子軍購。

最後這幾項裝備一直延宕下去，直到政府發現中共軍力跨越式成長比想像還要快速，才開始正視空中、海上及水下的戰力不足，加上現役的S－2T反潛機已老舊，終於同意購買P－3C，但這時已經延宕好多年。屏東基地的官兵不眠不休下，P－3C反潛機終於一架架飛回來，每每回國就會引起記者的矚目，詢問新聞官最新狀況。其實飛機回國也不會有消息告知我們管新聞的單位，每次被問及只能說：「喔！又回來一架啦！」常常搞得狀況外，但也無計可施。

辦P－3C成軍典禮前，先搞一場熱身活動。一架S－2T做最後一次飛行巡禮，從屏東飛到新竹——S－2機系列最初的母基地，然後就放在新竹基地的軍機展示場，永久保存。我們邀請記者採訪這歷史一刻，當天果然來了很多新聞從業人員，所有人在新竹基地的飛管大樓上，見證著S－2T通過噴水的消防車，緩緩的滑進大坪。看著服務多年的老兵得以善終，心中激動不已。這趟次是中隊長親自飛來的，正好可以安排記者專訪。一看，居然是同學方涵芝中校，心想鬧他一下，叫記者起鬨，請他親吻鯊魚機。同學也很配合，真的親了飛機，我在旁邊一直偷笑，後來跟同學相認後才哈哈大笑。

P－3C的成軍典禮在屏東基地舉行，總統親自蒞臨主持。除此之外，還辦理S－2T的除役典禮，同時還有各飛行部隊的更銜典禮——空軍飛行部隊的番號由原來的三碼改為一碼，例如原本的四四三聯隊改為第一聯隊，七三七戰術戰鬥機聯隊改為第七訓練聯隊，以此類推。

空軍為了展現壯盛的軍容，空中分列式出動了各聯隊的戰鬥機，還有官校的雷虎小組，從第一聯隊開始以大雁隊形一一通過司令台上方，向大閱官致敬，壓軸S－2T與P－3C同時編隊進場。

飛機落地後，S－2T滑進會場，接受噴水典禮後，再緩緩駛出。結束之後還特地開放記者近距離拍攝P－3C，這是一架很大的飛機。自此S－2T終於除役，P－3C反潛機登場，正式服勤。

——

再說一件案例是防空部的成軍典禮。早年我下部隊時，空軍還有防砲警衛司令部，有二十五個營、一個幹訓班、一個三軍防訓訓練中心，官兵上萬，聲勢是何等浩大。隨著空軍警衛營移編給憲兵，小砲營裁撤。後來與陸軍飛彈部隊合併一陣子稱防空暨飛彈指揮部，沒多久飛指部又移編到參謀本部，使得防空部由四個指揮部，變成二個群，編制比陸軍的聯兵旅還小，指揮官也降編為少將，真是「王小二過年，一年不如一年」。到後來空防的形勢越來越嚴峻，為了統一指揮所有的防砲、飛彈部隊，再度將飛指部重新納入空軍，指揮官也調升為中將，編成五個防空旅，還為此辦理成軍典禮。

典禮時，防空部各型火砲、飛彈，加上地面部隊通通陳展。很早他們就在防訓中心開始集訓，結果發生了練習時播放日本軍歌的小插曲。我們聽到快吐血了，趕快發新聞稿澄清止血，免得被有心人士大作文章，相對的也增加了這次成軍典禮的能見度。到了在台南基地舉行當天，由司令沈上將擔任大閱官，一樣的各聯隊紛紛派戰機編隊共襄盛舉，然後就是司令乘悍馬車校閱部隊，看部隊精神抖擻、士氣旺盛，心想如果再來個踢正步分列式能有多好，當然是不可能的。就在部隊整齊的步伐跟歌聲中，完成了成軍典禮。

近期以來，中共的機、艦不斷地襲擾海峽周邊，意圖非常明顯，就是要恫嚇我方，瓦解抗敵意志。這兩支近期成立的部隊，在防空安全上有著舉足輕重的地位，尤其是經過部隊裝備的轉換以及磨合，戰力已日漸成熟，防空部更是重中之重，當新的防空飛彈不斷的採購、自製，所需要高素質的人力以及在強大戰備壓力下，如何維持部隊的精實，確實非常困難。P－3C因為採購延宕了十多年，現在已算是舊型裝備了，如何在商源消失前，發揮她最大的效益，需要多多加油。

IDF戰機與百年靈同框的秘辛

我小學的時候就知道天空中有兩種運輸機。一種是兩個垂直尾翼，人稱「老母雞」的C－119，另一種是外號「空中列車」的C－47運輸機。C－119的造型特殊，很容易辨認，C－47就顯得中規中矩，樣子非常地「標準」，常在熱門電視影集《天龍特攻隊》、《霹靂神兵》中出現。何其有幸，當年經常在午後的天空，看著這些飛機緩緩地駛過天際。後來因為飛安的因素，這些飛機不再飛進台北，也漸漸為我所遺忘。但是遺忘不代表這些飛機就此消失，隨即畢業到了空軍之後，又再度有緣與她們重逢。

畢業分發到空軍官校警衛營當排長的時候，C－47已經汰除，但是官校還有一架停在機坪上。雖然早已不能飛了，卻是很重要的道具。那幾年常常有劫機事件，防警部對各基地的反劫機演練有著非常高的要求，尤其我們警衛部隊的更是如此。

每當演練反劫機，會先派一輛悍馬車負責拖出C－47當作被劫飛機。我們的戰備機動車跟著C－47跑，以演練各種狀況，相當好玩。我當防砲連輔導長，下基訓進行空地對抗時，有機會在C－119「老母雞」退役前再見上了一面，擔任假想敵機讓我們追瞄。跟老朋友再次重逢，又驚又喜。沒多久這兩型機都先後進了隊史館，每每到屏東或岡山出差，總要看看老朋友一眼才能滿足地離去。

來到二十一世紀，完全沒有想過自己會有機會再跟這樣的老飛機結緣，機會就是這樣慢慢地靠近了。當了新聞官之後，除了新聞議題的處理，偶爾也要看看有啥新鮮事。有一天國防部的新聞秘書盧德允老師丟了一篇報導跟提報單過來，說世界知名的「百年靈」手錶公司旗下有一架已經七十七歲的DC－3老飛機*，正在進行「周遊世界最高齡飛機」（Breitling DC-3 World Tour）的壯舉，眼前已經來到了亞洲，台灣的松山機場將會是這架老飛機停留的其中一站，飛機落地之後會有相關的商業活動。航行途中，各國空軍都以禮相待，派出各種現役軍機伴飛。盧老師上了一個提報單給部長，希望空軍能比照辦理，部長閱後也同意辦理。

相關文件傳到空軍司令部，我趕快上網查詢相關的新聞報導。該機環遊世界飛行設有專門的網站，那一天到那一國的行程都清清楚楚，各國戰機伴飛的影片也上傳到官網，心想，「這是一個讓我們空軍露臉的好機會。」

唐組長隨即要我評估可行性，難得空軍可以登上世界媒體，雖然涉及商業行為，只要空軍不參與即沒有問題，而且世界各國空軍也都有伴飛行動，沒有理由拒絕。更重要的是C－47我們空軍用了許多年，立下非常多汗馬功勞，也算是空軍為她致敬的活動。我以新聞文宣重點是向老飛機致敬，而非幫忙賣錶，各級長官才勉予同意。

然而，不到一個星期飛機就要來了，時間壓縮得非常緊湊，但是飛機有點年紀，故障滿常發生，抵達時間難免會有延誤。我趕緊向負責這次活動的公關公司聯繫、詢

＊編註：C－47運輸機的民用版。

問詳情，當對方得知空軍同意派機伴飛時，感到意外又興奮。

通過聯繫再三確認了行程，再來就是研究各種細節了。

首先，派誰去伴飛？我先想到畢琪 1900 行政專機，因為她是Ｃ－47的接替機種，有傳承的味道——長官不同意。第二案是官校的Ｔ－34教練機，馬來西亞空軍就是派教練機伴飛，還噴彩煙同行，效果也不錯，但照樣被長官打槍。由於ＤＣ－3是慢速機，我毫無懸念業陷入在慢速機上打轉的念頭。如此說來，莫非要派Ｃ－130？

我始終打不中標靶。唐組長喝了一口茶，慢條斯理，眼眉動了一下，看了我一眼，然後說出一句：「國機國造喊得震天價響，是不會派國產機嗎？」

我這才恍然大悟，一語驚醒夢中人。「那是要派經國號？」組長回應說，「沒錯。」

我說可以馬上發公文，但是派機跟部隊溝通這一段我就無能為力了。

組長說這交給他來搞定，這也是我們長久以來的作業模式。沒多久，唐組長協調完回來，長官決定由清泉崗派兩架ＩＤＦ戰機伴飛。話畢，我趕緊上案，同時會戰訓處給意見，很快案子就奉司令核准。

說實在，走到這一步，我心中是緊張莫名，因為不太知道部隊對這個案子的想法，很擔心基層覺得我給他們包工程、找麻煩，畢竟時間實在太趕了。還好，清泉崗的承辦人范中校非常配合，甚至還說，他對這個案子也非常感興趣。在范中校的作業下，所有航線，會合點以及伴飛到哪裡等作業快速完成。剩下來的時間，就是等主角飛到松山了，其他的伴飛事宜都由范中校去張羅。我們只協調了航拍的張中校到清泉崗報到，屆時再一起飛上天去拍照。

到了飛機預定的抵達時間，我們都進了松指部，去到大坪等DC－3的降落。雖然松山是軍民混用機場，但軍民的界線分明，我們不能越界去民航站的範圍，只能在軍機場這邊等待。所有軍媒以及空軍的照相士，都只能痴痴地等飛機落地。沒多久回報說伴飛成功，伴飛的戰機也平安落地，照片、影片均成功拍到，頓時心中的一塊大石頭落了地。

這次沒有開放媒體入場，新聞從業人員只能在機場外守候。沒多久一個低沉的機聲傳來，新聞官大呼：「來了！來了！」

DC－3優雅的機身，不疾不徐地緩緩降落，落到地面後再慢慢滑到定點。機師停車之後下來與大家合影。我們不便上前，只能遠觀，但讓軍媒們拍個痛快。我的任務結束了，心裡只惦記著空拍的影片傳到了沒。

回到辦公室趕快回報狀況，趕緊上了給國防部提報單，不久范中校把影片和照片傳來。

范中校不停表示「很難飛」。C－47的最大空速是經國號的最低空速，後者要配合前者非常辛苦，總算完美達成了任務。范中校進而跟我談到獎勵的問題，長官都沒提，但是我答應儘量為部隊爭取。從開案到完成任務，時間緊迫，確實辛苦。

中午新聞報了出來，媒體也知道空軍有伴飛，下午紛紛來要影片或照片。但是長官都沒同意給，各家媒體整個下午都追著我跑；手上握有寶物卻不能提供，這種感覺實在很痛苦。到了下午五點半，晚間新聞要截稿了，還是不答應放手。記者們久等沒有畫面，只好放棄這一條新聞。等到長官同意提供，對方無奈笑笑，說了一句：「已經來不及了，晚間新聞已經截稿了」。真的不知道長官在堅持什麼？

接下來要議獎了，把獎勵名冊「會」給人事。人事部門提出質疑，為何要議？有何依據？我只好說明半天，這案子非常難得，讓空軍可以躍上國際舞台，創下了先例。人事部門最終勉強同意，但是做了很大幅度的刪減，我也沒辦法，至少有記了。對於范中校跟他的團隊不太好意思，但至少完成了一項不可能的任務。

後來又有噴火式戰機的巡迴飛行，利用同樣的模式來台宣傳，同樣希望我們協助。但是時空環境已然不同。長官叫我們組長寫一個利弊分析，組長還沒寫就去戰院上函授課程了。我知道依司令的習慣一定隔天就要上呈，只好先擬稿，等司令來要的時候，至少有東西可以擋一下。內容大致表示：

一、我們沒用過噴火機較沒感情；

二、馬上要國慶及天龍演習，部隊忙不過來——就這樣帶過去了。

這個案子很有趣，含司令只蓋了三個章就核定了，是我簽過的文當中，橫跨度最大的一份，跳過了一大堆人，可以說是我參謀生涯最奇特的一次經驗。

你們都是國家的英雄

我國空軍的飛機種類很多，數量也不少，每日的飛訓、戰演的架次非常驚人。每次值戰情或去晨報時聽到報告，都覺得很誇張。曾聽一位長官說，某友邦的空軍司令到台南基地參訪，看到台南的戰機一批批的升空訓練，驚訝的說道：「台南基地這半天的飛訓量，是敝國空軍一個月的訓練量。」顯見我們空軍是多麼的不容易。在空地勤人員的共同努力下，維持了高妥善率跟低失事率。飛機在空中飛行，失事難免，但卻是空軍最不願意發生的事。

空軍軍機失事在近年來已經大幅減少。然而，在目前媒體資訊發達的時代，往往空軍任何意外都會成為頭條新聞。媒體的罐頭結論都是歸結飛機老舊等等，實在是不太公平。這類新聞往往大肆報導，給國人一種空軍失事率很高的假象。

我讀過參謀總長賴明湯上將的日記，他在民國五十六年七月一日就任空軍總司令，內心非常喜悅，結果在任期的前面三個月，空軍「送給」他的禮物是失事七次（含U－2高空偵察機被擊落一架），總共損失了U－2一架、C－123運輸機一架、F－104戰鬥機一架、T－33教練機二架、F－86戰鬥機四架，搞得賴總司令每天吃不下、睡不著，神經衰弱。如此可知，空軍擔心軍機失事這一環，古今皆然。

等我當了新聞官，就要面對及處理這類的事情。那一年我跟唐組長剛調到事務組，馬上發生了官校AT－3教練機教官跟學官失蹤的事件。由於失蹤地點位於山區，一時之間找不到蹤影。意外事件一傳來，辦公室的電話、軍用手機不斷地響，各路人馬紛紛來探詢情況。心想，記者真不是白幹的，我們才知道，他們也幾乎同步收到消息。當時大家也沒什麼經驗，只知道問戰情中心。但是戰情中心的資訊既不完整、態度又惡劣。

不久，唐組長默默打了一通電話，再過一下資料就來了。原來是打到空勤人員服務中心，隨即要到兩名當事人的資料。掌握資料，新聞官就有了底氣，我也敢接電話了。唐組長有時忙不過來，會請我代接電話，顯現他對我的信任，認為我講話比較得體，不會亂講，自然成為新聞部門的「二軌」。所以有時新聞報導會引用「空軍人士表示」、「空軍軍官表示」，那大概就是我了。

這時許多人打電話到官校去詢問，官校政戰主任不是飛行兵科的，怕有些事情講不清楚，唐主任隨即請長官考慮在官校找一位高階飛行幹部來主答。最後由官校副校長黃少將主持記者會，並於每天定時定點說明搜救情形，以說明外界對於搜救進度及現況。也因為這個建議，黃少將以後歷練聯隊長、司令部督察長到中將參謀長，都是由他親自報告或主持。全軍這時他說第二沒人敢說第一，唐組長靈機一動的舉措，為空軍發掘了一個人才。黃少將到司令部任職時，常找唐組長聊天，也喜歡跟我們新聞官哈拉兩句，非常平易近人。等我退伍之後，空軍不幸又發生了幾起失事事件，依然由他負責向國人報告，是一位盡職的好長官。

沒多久兩位教官的忠骸找到了。運送下山之後，接著是公祭，地點選在空軍官校舉行，總統也到場致意，我們依然是做記者的接待。

官校全體同學在忠勇路旁分站兩側，向殉難教官與學長送行，相信他們心中也是五味雜陳。直到靈位上了專機，暫厝於空軍公墓，並於隔年的三月二十九日春祭時才正式下葬，可以說非常哀戚與尊榮。想想殉職的教官，妻弱子幼、父母年邁，國家跟空軍真的要好好照顧她們。

在這之後，我們針對飛機失事的新聞處理做了許多檢討。最重要的是及時，不要等資料完備再發新聞稿，有什麼就發什麼。例如一有狀況先發「〇〇機於何時光點消失，現正了解中，」然後拿到飛行員資料，再發一則簡歷，目的就是從被動改為主動。這樣在新聞處理上可以減少干擾，讓長官有更多時間討論及了解案情，進而做出更明確的處理。

接著是遇到我國駐美的F－16在路克基地撞山的事件。這是有史以來的第一次，那一天是美軍先開記者會，說明事件經過。當天是假日，唐組長召我回組上，協助處理新聞。我先寫了新聞稿，接著許多記者來問空軍在美國訓練的情形，其實我們都不太了解。後來資訊不斷傳來，司令部也安排家屬緊急赴美，在美國辦完追悼會之後，高中校的骨灰由長榮班機運回台灣。

當天我跟唐組長、空服中心的主任及參謀，在桃園機場待命。那一天非常寒冷、淒風苦雨，等到長榮班機到站，旅客都下機後，我們的專車直駛入機坪，等家屬將骨灰請上車。因為安排頗為低調，並沒有太多的記者到場，讓家屬得以在不受外界干擾的情況下，平靜地處理好這段。後來的公祭、安厝就不再贅述了。

——

新聞官的習慣，就算不值班，大概也會在晚上七點離開辦公室，因為那是晚間新聞的截稿時間。除非有什麼大事，不然都是等到隔天再說了。

那一天，就在下班前，唐組長對我說：「一架夜航的幻象光點消失了，」我們趕快發第一則新聞稿，說明狀況。後來新竹回報時太緊張，把飛行時數說錯，以致第二則發出的新聞稿是錯誤的數據，被記者罵慘了。那時情況緊急，也就吞了，只是拜託新竹回報時務必要精準。後來有傳言說人已救回，記者紛紛來查詢，我們沒有消息，詢問空作部，回報只聽到「投照明彈」的對話，就知道還沒有找到。

我們沒被授權回答這個問題，不久記者自行澄清說沒有，那天晚上根本是一團亂。到了隔天開記者會，詳情已在我另一篇寫得很清楚了，之後因為何上尉失蹤，我們每天派機、艦去搜尋，也每天發一則新聞稿，說明搜救進度，發了好長一段時間，等新聞熱度消退，才不再發新聞稿，後來仍以作戰失蹤結案。這次事件是首度以每日發新聞稿說明搜救情況的先例，從而避免很多無謂的臆測與不實的報導。

另一次處理飛安意外的經驗，是漢光演習F－16失事的那一次。

當時是漢光演習兵推的第一天，通常第一天下午會實施以防空為主的「萬安演習」。我們這些參謀人員都是躲到地下室去等演習結束。警報解除後，一回到辦公室，所有電話又是一陣同時響起。

原來花蓮一架負責在萬安演習，擔任攻擊基隆港假想敵的F－16，不幸撞山。我們還不知情，卻又讓記者捷足先登了。詳細查明情況之後，一些有關戰機、人員服裝、肩章的照片隨即不斷傳回來，深知凶多吉少，即刻發正式新聞稿，說明案情。

這案子之後鬧得很大，因為涉及地面戰管指揮有無缺失，監察院還因此正式介入調查，彈劾很了多官員。彈劾書送到司令部後，組長問我有什麼看法，我笑笑說：「當然只能講『敬表尊重』，不然還能說什麼？」他瞄了我一眼，說：「寫吧！」

這案子最令人感動的部分是吳中校的母親。在公祭時，雖然歷經喪子之痛，仍然勇敢地拿起麥克風，鼓勵所有在場出席的官兵，希望大家繼續為國努力。空軍就是有這麼多可愛的眷屬，所以凝聚力總是特別強。

我的最後一次經歷就是黑鷹直昇機，這個前面已有詳細的說明了，就不再贅述。其實平常也有多種狀況發生，例如戰機煞爆、衝出跑道，或飛機在跑道、滑行道故障等小問題。若發生在軍民合用的機場，鐵定會上媒體，而且也因為要關閉機場救援，會影響航班起降，所以要發個新聞稿說明情況。表達歉意，已成了例行公事。

要守住這一片藍天並不容易，是無數飛行員犧牲換來的。任何人都不希望發生飛機失事，但是為了確保國家安全，就要不停的飛訓、演習。

只要空軍還有飛機、還有飛行員，就會義無反顧地飛上藍天，捍衛我們的安全。

新聞官有兩種，彼此立場都不同

感冒藥有兩種，新聞官也是。

一種就是我們這種作新聞議題處理、負責跟新聞媒體溝通，通常散落在司令部或各部隊的新聞「聯絡」官。

另外一種是「專業」的新聞官，通常是指那些有專精領域，負責編報紙、雜誌、攝影、剪輯及廣播。他們是在統稱軍媒的軍報社、軍事通訊社或軍方電台任職。

兩類的新聞官彼此分工不同，有時候立場不同，很容易迸出火花*。明明都是國

* 編註：以英文來說，前者是 Public Affairs Officer（簡稱 PAO），後者則是以 Military journalist 稱之。

軍的單位，甚至是學長學弟、學姐學妹的關係，也大多都認識，為什麼會迸出火花呢？

軍媒之間雖然分工不同，但還是潛藏著競爭關係，這也是進步的原動力。尤其近年來邁入圖像化時代，長篇大論的文章、評論已經沒市場了。軍媒身為全民國防教育的推動單位，自然也要順應民情。所以不論是軍報社、通訊社都有要製作影片的能量以及經營臉書的能力。在最基本的任務還是得保持的情況下，卻增加了許多額外的稿量。面對這樣的狀況，各個編輯無不抓破了頭想題材、創造話題。

為此，各軍媒提出的題材大增，為滿足需求，部隊就是最大新聞亮點的來源。一經鎖定，軍媒即派新聞官去拍攝、採訪。

以上看起來沒什麼問題，部隊張開手臂歡迎都來不及，畢竟幫助各單位宣傳絕對是好事。但，事情不見得都能如人所願。

軍媒要去部隊採訪前，跟一般的民間一樣，也是要通過司令部的公共事務組，簽奉長官核可後部隊才可以接受採訪。申請送來時，我們都會先詢問部隊的意願，有的部隊很痛快答應，不但全力配合，還加碼演出；有些單位的主官則認為與戰訓本務無關，並認為會增加部隊負擔而斷然拒絕；不然就是勉強答應，等到拍攝時卻百般阻擾、設限，最後卻以鬧得不愉快收場。

有一次，軍媒申請採訪飛彈發射操演。操演開始前，新聞官硬被射擊單位強迫拆卸裝在武器上的攝影機，氣氛弄得尷尬不已。軍媒的新聞官到單位採訪，通常都是備受禮遇，政戰主任可能還會親自接待，甚至派科長或政戰官陪同拍攝，想盡辦法排除障礙，拍到痛快為止，怎麼會有人來刁難呢？

部隊有時也是一肚子委屈，說是主官規定的，他們也沒辦法。往往司令部的新聞官會搞得兩面都不是人，既要安撫官兵，又要跟軍媒道歉、說明。但新聞官按耐不住，先跟軍媒吵一架、再把部隊幹譙一頓的情事也是時有所聞。

回歸一句話，各自有各自的立場，沒有對錯。但若是奉長官核定的採訪，單位硬是不配合，還羞辱採訪人員，那命令的尊嚴性又何在？

那是否軍媒來申訪會有不同意的狀況嗎？當然會有。

有些項目若單獨給軍媒報導，一般各家媒體一定會跳腳。例如勇鷹機的生產或試飛等，軍媒找我們也沒有用。勇鷹機當時尚未交給空軍，還是屬於漢翔的資產，我們也沒權責同意，所以往往都要委婉的說明。不然就是想辦法換題材，「這個不能給你採訪，我幫你找一個議題讓你去拍」，就是這樣子。

有時候軍媒衝太快，把未公開的動態做了報導，使得其他媒體誤以為發生了「官洩」事件。例如，軍媒登出了ＩＤＦ戰機掛載「萬劍機場聯合遙攻武器」（簡稱萬劍彈）的全版照片。出發點當然是為國造武器宣傳，殊不知卻引來各家媒體的各種揣測，「萬劍彈是否已經服役，撥交部隊？」搞得司令部一頭霧水，趕緊查證後回覆，「還沒啊！」即使說破了嘴，媒體還是半信半疑。

你說我們可以怎麼做？新聞都登了，再去究責也沒有意義，免得大家都尷尬。

——

每年的「八一四空軍節」，照慣例司令部要舉辦慶祝大會以及楷模表揚。軍媒通常都會應邀採訪，訪問一、兩個楷模，也會登上《青年日報》或是電台節目。如果電視專輯沒有空檔，做「莒光日」新聞剪影也可以。某一年，或許當日軍媒人員任務分配的關係，活動開始了，卻居然無一軍媒來訪。

唐組長見狀按耐不住，很是生氣，隨即打了通電話給空階的總編輯說：「今天是空軍的大日子，你是空軍派出去的，都不來採訪，難道不想回軍了嗎？」這話果真有效。過不了多久，典禮還在半途的時候，軍媒到了。我們互望一眼，彼此心照不宣。會後學弟說：「學長，我們這組是硬擠出來的，」我說：「還好你們來了，不然就得要你們的總編輯自己扛機器親自來喔！」這是當年的一段趣事。

難道我們跟軍媒的關係就得這麼緊張嗎？當然不是，以上的都是特例。其實大家都是學長學弟，有很大一部分也是軍種人員徵選後再派過去的，彼此都很熟悉。我們有什麼點子，也會私下跟軍媒溝通，請他們發來採訪申請，我們再安排採訪，這就是裡應外合。類似的做法，我成功運作過好幾次。

有一次我在跟司令部軍醫組組長聊天，他說空軍特有的航空護士這一段歷史，已快被人所遺忘，而且現在的航護分隊也縮編了。正當在感傷之時，我說可以請軍聞社拍一集介紹航護的「國防線上」以及「莒光園地」的單元。他聽了之後眼睛為之一亮，我趕緊聯繫軍聞社的學弟，請他幫忙。學弟正苦於無稿源，我加點誘因，說「屏東的航護都是小女生」，學弟立刻答應：「學長，我立刻出發到屏東。」哈哈，果然做出了他很好的一集，還去訪問了許多航護的前輩，了確軍醫組組長的一個心願。

還有一次是「人工增雨」作業。每次空軍實施人工增雨時，都會發出在地面整備的照片，搭配一篇單調無味的新聞稿給媒體朋友，各媒體也是行禮如儀、照本宣科報導，沒意思。我們一直想拍空中作業實況的影片，但往往受制於主、客觀因素，都沒有拍攝成功。不然就是有拍成了但效果不佳。

有一天機會來了，司令部的氣象官打電話給我，說：「學長，明天清晨有一批人工增雨作業，請屆時幫我們發新聞稿，」例行公事嘛，我說：「沒問題，」另追加一句，「要是我請軍聞社去採訪可否？」他說當然歡迎，我趕快通知軍聞社南部分社主任，請他按時採訪，他也很興奮，一大早天沒亮就到屏東基地。依規定未受航生訓、求生訓人員不得上飛機空拍，軍聞社人員在機上裝設了運動型攝影機，整合在地面整備實況做了完整記錄。

這些影片不但製作了一集精彩的「國防線上」，司令部還將影片提拱給媒體，各家見到素材紛紛採用，展現國軍愛民助民的傳統，真是兩全其美，相得益彰。只是每次人工增雨後的議獎，氣象官都很熱心地幫我報獎勵，但總是無疾而終。他有這個心就很好了啦，反正我就是做功德的。

——

軍種新聞官跟軍媒新聞官本來就是相輔相成，大家彼此合作、出人出力，才能有好的作品。而且近幾年母校政戰學院新聞系教育成功，培育出許多好手，無論影片剪輯、新聞製作都令人驚艷。攝影作品也常得國際大獎，讓國軍的勤訓苦練展現在世人面前。

有的新聞官不但可以跟著部隊行軍五〇〇公里，有的人跟著海軍去南沙執行運補、敦睦遠航。也就是有這樣的一群人，留下了許多真實的畫面。曾在軍媒服務的學弟跟我說過：「學長，你知道嗎？去單位拍不難，但回來剪輯的時候，剪著剪著不知不覺就天亮了，」這句話道盡這一群新聞官的艱辛。

希望長官高抬貴手，稍微擴充這一類單位的編制，畢竟人多好辦事。但是，無論是哪一種新聞官，我也只能以一個曾經做過新聞工作的老兵身分向他們致敬，敬禮！

記者是我的朋友，Always

當許多人知道我要去當新聞官的時候，或許出於好心或善意，總是再三告誡：「跟記者接觸一定要小心」，「一定要處處提防，講話一定要特別謹慎」，「以防被無限誇大作文章，被賣掉了還不自知」。

我心中一驚，「這不是比匪諜還厲害！」

心想，「搞了一輩子的『反情報七要項』、『保密十要項』，終於要派上用場了，」一定要處處防備、時時小心。

到任之後，李組長卻準備要退伍。當時的政戰主任張中將出面邀請記者聚餐歡送李組長，慰勉他將近四年來的辛勞。當天將還在教準部當副主任的候任唐組長也請來，趁機介紹將接任的唐組長給記者們認識。

李組長交代我主辦這次餐會。辦餐會不難，可是請記者吃飯我可是第一次，光是要怎麼聯絡、通知，都毫無頭緒。

在學弟的協助下，一切就緒。當天我是陪著唐組長一起過去餐廳，記者我們兩人一個都不認識，跟呆瓜一樣，而且我一直謹記人家跟我講的，「面對記者要小心」，所以我全程都很嚴肅。時間到了，記者陸續入席，看到滿坑滿谷的記者吃飯、喝酒、唱歌，簡直到了「惡人谷」。一直到席終精神始終無法鬆懈，真是累死我了。

其實大部分的軍事記者都學有專精，能做長久的，也是軍事迷，通常區分為平面、電子跟雜誌。這麼數量龐大的記者，新聞官要記住非常不容易，每個人專長、喜好跟個性都不一樣，還好我們都在部隊帶過兵，只好發揮過去「知官識兵」的能力，抱著記者名冊背書。資深的還好，很多剛畢業的新人記者，通常先派來跑軍事線，人員更換太頻繁，有時候還沒熟悉彼此又被主管換線了。

身為軍事記者，實在沒有什麼額外的福利。跑府院線至少可以認識大官，經濟線或許有點內線消息，醫療線可以認識很多醫師。軍事線只有清湯寡水，又要上山下海，演習通常清晨就開始，怎麼看就是一群丘八。平常採訪活動除了一個便當，就是馬克杯跟帽子，沒有別的了。

接過工作後，不管是活動、新聞探詢，漸漸跟部分記者建立起公務上的聯繫。印象最深刻的是某報記者，他非常獨特，有點年紀了，一般記者聯繫事情都是用手機或是通訊軟體，只有他老人家堅持用市內電話打到辦公室來，他說手機怕被竊聽。來採訪時也與眾不同，一般記者隨身都帶筆電、相機等裝備，他老人家都用筆記本，相當的老派。

他還常常打電話來，大部分都是規勸我們不要用手機免得被竊聽。有時若是部長或高級長官聚在一起的新聞，就會打電話來勸我們說長官不可在一起，免得被中共有機可趁，每天疑神疑鬼的，搞得我們哭笑不得。營區開放預檢時，採訪結束用完便當後，大家都在爭取時間發稿，他老人家卻是閉目養神，林子大了什麼人都有。能遇到這樣的記者，也是趣事一件。

雖然漸漸跟大家熟悉了，但是與記者的基本攻防還是存在。尤其一些有損軍譽的案子，長官都希望叫我們去把案子「化」掉。

怎麼可能？人家就是以此為生，說不定獨家獎金都領了，怎麼去消呢？往往遇到都很為難。

部分長官見狀還會責難，不過通常都是那些新來的長官，或剛從部隊來的長官才會這樣。他們難得碰到一件「大案」，全心關注是無可厚非。我們也心知肚明，久了、多了，長官就會麻木。案子每天都有，不單是軍紀案件，採購、訓練意外、裝備更新、人事異動，每天都有新聞，案案關心、事事操心，長官到最後也會受不了。久了，他們自然不會盯這麼緊，但是有一種案子我們會主動去「關說」——涉及年輕女軍士官在寢室拍攝的不雅照片，我們都希望不要登。

倒不是怕有損軍譽，而是一個小女生，犯了這種錯誤，軍事生涯已經結束了，付出了慘痛的代價，再把她照片公布，才二十出頭歲人生不就毀了嗎？以後沒事照片被拿出來，人家還要結婚生子的嘛。所以，通常我們都會請記者高抬貴手，由我們自行處理，保護一下我們的官兵。這個觀念也是唐組長傳承給我的，他總認為犯過錯處分，是有比例原則，而不是因為上了媒體，處分就下得特別重，好像要給記者跟社會大眾一個交代，其實大可不必。

時間久了，大家也熟了，尤其沈總長當司令的時候，常常辦記者聯誼活動，非常開明。大家常常一起出去郊遊，彼此年齡還算接近，自然比較快熟悉彼此。我也沒辦法一直裝作嚴肅，實在與我個性不合。其實只要記者來請求幫忙或詢問的事情，新聞官是要在能力範圍內全力支援即可。辦不到或是無法說明的，只要就據實以告，或是換個說法描述，反正就是不要騙記者，彼此互信建立了，很多事情就好談。

記者也是平常人，就是一份工作，他也有情緒、喜好。沒事跟老記者聊聊天可以知道很多典故，跟年輕記者討論下次做什麼專題，或是技術交流，久而久之就與許多記者成為好朋友。其中有位記者拍了專輯，我鼓勵對方參加「國軍文藝金像獎」，果然得了金像獎，我們也為此感到高興。

由於新聞官是二十四小時服務的，電話隨時守聽。不管媒體詢問的問題是有多光怪陸離，反正我們不知道的，就去其他處室打聽，總能問出個十之八九來。無形中也豐富了本身對自己軍種的知識，眼界也不僅僅在自己的部門裡了。

——

你問，「有沒有跟記者發生過衝突？」

當然有，印象最深刻——大概也是唯一的一次——就是清泉崗毒品案。那時候新聞鬧得沸沸揚揚，司令部下令基地全體官兵都要召回做尿液篩檢。某大報中部記者打電話到我們辦公室，一直追問基地的實際人數。這涉及到兵力部署，按規定是不能透露，給個概數也不行。反正我死不鬆口，對方說「叫長官來講」，我火大了就說：「我就是長官，不能講就是不能講。」對方摔了電話，在隔天的報導把我狠狠地罵了一頓。不過新聞是在第八版，沒被長官注意到，唐組長看了也是笑笑，案子就如此不了了之。

問兵力多少實在很不禮貌，這麼多年來多少記者都沒問過這種問題。反正你要罵就罵，這種事情若還驚動到組長出面處理，那就是參謀無能了。

有意思的是，許多記者對我在軍中的前途非常關心，頻頻向長官探詢我的下一步。也不是說記者想將我「除之而後快」，他們想的，是與空軍繼續維繫這層良好關係。每次長官聽到也是「咿咿喔喔」，語意不清，不願正面答覆。

其實升官的事我心裡早有數。上面想升你怎麼樣都會升，不想升你理由總是很多。雖然我當了五年新聞官，但一直佔著政戰官的缺，縱使新聞官當得還算得心應手，但其實是黑官，由於未授予新聞專長，所以新聞職類相關的職缺我都無法去佔。另外我曾擔任心戰官長達三年的時間，因為當初人勤部門沒有核授我的心戰專長，也無法佔心戰類的職缺。很怪的是明明有資歷，兵表也寫得清清楚楚，但就是不能捕授專長，反正不升你，步數就很多。深覺再幹下去也沒意思，所以選擇提前二年卸甲歸田，提早退伍。

退伍後總要做事情啊，又不想做「三保」，也不願意做校安，雖然很穩定，薪資也還可以，但我不想做這些，總覺得這輩子不可以就這樣。後來在記者歡送我的聚餐上，一位記者說：「換我們來照顧你了，」聽了真是痛哭流涕。

另外還有女記者建議：「你很適合做 Podcast，」蛤？這啥？我聽都沒聽過，後來才知道是一種新媒體。在她們的介紹及指導下，我嘗試做新媒體並經營網站，在許多記者兄弟姊妹的幫忙下，偶爾上上新聞接受訪問，或是上他們製作的節目錄音（影），給了我許多機會。我還參加演講經紀公司，去宣講全民國防教育，並撰寫軍中回顧，在報社也有一個小小的專欄。

退伍後的生活充實而精彩，感謝這些記者朋友的支持與鼓勵，甚至於是鞭策。雖然沒什麼收益，也是蠻有成就感。

這一塊我會繼續做下去。所以，可不可以跟記者做朋友，我要負責任的說：「當然可以」。

後記

當初想寫這點故事時，只是想寫一本工具書，希望有志於在軍中擔任新聞官者，在做相關工作時有一點前人的經驗可供參考，原本是以想定的方式，以狀況、任務、參考案的方式撰寫，因為在國防部政治作戰訓練中心僥倖覓得一兼任教職，想當成教案來寫。但是理想美好、現實殘酷，本職學能太差，只好改變寫作方式，想不到越寫越上頭，囉囉嗦嗦寫個沒完，所以趕快停筆，以免被別人嫌煩。

原本以為只是遊戲之作，獲得燎原出版區肇威先生的青睞，居然可以出版，雖然退伍後經常投些稿子給《中華民國的空軍》月刊、《文創達人誌》等刊物，承蒙編輯的錯愛，偶爾也能獲刊而沾沾自喜。

出書是從來沒想過的事，欣喜之餘，煩惱也隨之而來，出書總要像個樣子啊！除文章本體外，總得寫個序吧！寫序不難，但找誰寫困難，看到許多寫軍事書籍的作者，不是找部長寫序，就是找總長專文推薦，根本到了業界的天花板。十分傷腦筋，到底要怎麼辦？

本人性格一向孤僻，雖然軍中打滾多年，對於長官通常只有公誼，沒有私情，除少數「投緣」的長官外，但凡一旦解除了職務關係，就沒有後續了。這種古怪個性能升到中校，也算是祖上積德，所以當要找老長官寫序時，總是很緊張，就怕跑去之後，長官反問一句：「你那位啊？」豈不彼此尷尬。當然我是非常敬佩能夠請長官推薦的作者，表示他寫的書已獲得長官的認可，是一件非常不簡單的事，但我居然被這事情困擾了很久，後來想想作品也不怎麼樣，給長官推薦、作序，不是敗壞長官名譽嗎？真是庸人自擾，「求人不如求己」就自己來吧！

這本小書能產出，也是一波八折，就在全文即將付梓時，儲存文稿的隨身碟居然遺失。在沒備分的情況下，後面章節只能重寫，又因身染重病，入院開刀、調養近兩個月，整個出版計畫停擺，等體力恢復正要增補內容時，又罹患新冠肺炎。然後隨書刊登的照片因為畫素不足被「退貨」，一時之間心急如焚，還好受過一點軍事訓練，立即把所有代辦事項列出來，案子重緩急一一標註，逐次完成，總算如期完成，以不負區主編之盛情。

當然本書能完成還是要感謝區肇威先生的青睞，劉學謙、葉秀斌、管延境、謝素霞賢伉儷無償提供高畫質而精彩的照片，還有徐宇威、楊鎮全先生常請我上他們精心製作的節目，發表一些不成熟的看法。這本書雖然沒有「重量級」人士寫序，但是感謝王炯華、朱明、羅添斌、陳東龍、施孝瑋、戴志揚、宋玉寧、葉郁甫、程嘉文、呂昭隆、邱榮吉、程彥豪、顧上鈞等諸先生不吝推薦，他們都是我當新聞官時一起工作的記者夥伴，還好他們願意讚聲，不然豈不是太失敗了。

不能免俗的要感謝我的家人，尤其是母親與妻子，在我病重的時候，無微不至的照顧，使我有「浴火重生」的感覺。另外將本書獻給天上的父親，祂大概一輩子也不覺得祂的兒子會出書。不過給祂個驚喜也好，到時燒一本給祂，無聊時可以看看，還可以給在天堂的老戰友們炫耀一番。

我是空軍新聞官：
鏡頭外的真實世界

I am an air force PAO

作者：王鳴中
主編：區肇威（查理）
封面設計：倪旻鋒
內頁排版：宸遠彩藝

社長：郭重興
發行人：曾大福
出版發行：燎原出版／遠足文化事業股份有限公司
地址：新北市新店區民權路 108-2 號 9 樓
電話：02-22181417
傳真：02-86671065
客服專線：0800-221029
信箱：sparkspub@gmail.com

讀者服務

法律顧問：華洋法律事務所／蘇文生律師
印刷：成陽印刷股份有限公司

出版：2022 年 12 月／初版一刷
定價：320 元

ISBN 9786269637768（平裝）
（EPUB）
（PDF）

國家圖書館出版品預行編目 (CIP) 資料

我是空軍新聞官 : 鏡頭外的真實世界 = I am an air force PAO / 王鳴中作 . -- 初版 . -- 新北市 : 遠足文化事業股份有限公司燎原出版 , 2022.12
168 面 ; 14.8×21 公分
ISBN 978-626-96377-6-8(平裝)

1. 新聞記者　2. 軍事新聞　3. 通俗作品

895.1　　111019352